宋人擬新樂府研究

衛劍闕 著
丁胤卿 主編

《宋人擬新樂府研究》序

　　余弟子衛劍闕，承其先父衛亞昊教授之學脈，潛心宋代樂府研究數載。今觀其書稿《宋人擬新樂府研究》，既感欣慰，亦覺此題實具開拓之義，故略述數語以弁卷端。

　　首先，宋代文學研究向以詞學為重鎮，而樂府詩之探討較少受重視。此書聚焦宋人擬作唐人新樂府之現象，實為填補空白之舉。自郭茂倩《樂府詩集》以降，新樂府研究多止步於唐世，宋人如何繼承與轉化此一文體，學界鮮有系統論述。劍闕以《樂府續集》為基礎，爬梳《全宋詩》近三百首擬作，此種文獻功夫尤見扎實。

　　其次，此書最大特質在於雙重視角之建立。一方面梳理宋人擬作之形式特徵，如擬篇、賦題二法合流之現象；另一方面引入接受史視野，透過擬作解析宋人對唐詩之詮釋。此種「以宋觀唐」之方法，既見文學流變之軌跡，亦顯闡釋學之新意。如論張籍樂府在宋代之經典化過程，實為唐宋詩學轉關之重要例證。

　　再者，全書結構頗具系統。首章釐清「新樂府」概念自唐至宋之嬗變，次章剖析創作方式，三章以個案呈現幽微見怨、說理諷喻兩類典型，末章論及經典化與程式化之悖論。此種由宏觀至微觀、自現象入本質之論述方式，體現青年學者難得之問題意識。尤可貴者，書中多處製表比對唐宋詩題，使數據與論述互證，方法頗為可取。

然而必須指出，此類研究本具相當難度。宋人擬作往往隱含多重動機：或追摹典範，或寄託時感，甚或僅為詩藝訓練。欲辨明箇中差異，需兼顧歷史語境與文本細讀。劍闕於此雖已著力，如論梅堯臣擬《捕蝗》詩之現實指向，然若更深入考察士人交遊與詩學思潮之關係，或能更顯深度。此亦後學可續探之處。

要之，此書有三重價值：其一為宋代樂府研究建立基礎框架，其二為唐宋詩學接受史提供新案例，其三為當代樂府學開拓方法論視野。今觀劍闕「以擬作觀詩學」之實踐，亦可謂別開蹊徑。更盼作者持此治學精神，於樂府研究領域續有創獲。

尚永亮
乙巳年初春書於長安

目　录

緒論

 第一節　選題理由及研究意義 ………………………… 001

 第二節　研究現狀 ……………………………………… 004

 第三節　研究方法 ……………………………………… 007

第一章　宋人擬新樂府的整體風貌

 第一節　"新樂府"觀念的唐宋遞變 ………………… 009

 第二節　宋人審美傾向與新題樂府範式的選擇 ……… 021

 第三節　宋代擬新樂府作者概況及時代流變 ………… 032

第二章　宋代擬新樂府的創作方式

 第一節　宋前樂府詩創作方法 ………………………… 041

 第二節　宋人擬樂府的兩大系統：擬古與擬新 ……… 052

 第三節　擬篇、賦題之合流及"共體千篇，殊名一意"

    之輪回 ………………………………………… 066

 第四節　兼談宋人自創新題的樂府詩 ………………… 075

第三章　宋人擬新樂府個案研究

 第一節　擬張籍、王建的幽微見怨之作 ……………… 080

 第二節　擬白居易新樂府的說理諷喻之作 …………… 092

第四章　宋人擬作中的經典化與程式化、徒詩化問題

　　第一節　經典化與程式化 ················· 102

　　第二節　經典化與徒詩化 ················· 106

　　小　結 ··························· 110

參考文獻··························· 114

後記···························· 121

緒　論

第一節　選題理由及研究意義

　　本文的選題是先父衛亞昊承擔的有關國家課題的後續性研究，得到了業師尚永亮先生的首肯與支持。

　　2020年，由上海古籍出版社出版，郭麗女士與吳相洲先生編著的《樂府續集》問世，該書為接續郭茂倩《樂府續集》而做，彙集宋遼金元四代樂府詩。

　　翻閱此書不難發現，宋人對樂府創作的積極性實在不亞於唐人。據統計，宋代樂府詩創作規模接近五千首，超越了之前任何一個朝代。[①]與此同時，新樂府也成為宋人創作的一個重點。上世紀八十年代之前，學界對"新樂府"的界定較為統一，其衡量標準被概括為三個層面：一是"用新題"，二是"寫時事"，三是"未被於樂"[②]。1980年以來，許多學者對這一標準提出了新見。直到現在，對"新樂府"下定義依然是懸而未決的難題。因此，直接研究宋代"新樂府"對現在的筆者來說是不太現實的，但宋人創作樂府作品時存在一種有趣的現象，那就是直接拿唐人新樂府題目作為自己的題目進行創作，有時還會特地標注"效

[①] 羅旻：《宋代樂府詩研究》，北京大學2013年博士學位論文。
[②] 余穎：《近三十年新樂府研究綜述》，《湖南人文科技學院學報》，2011（10）。

唐張籍作"等字樣。我們知道，樂府題大多有其本事，本事即背景故事，擬寫之作大多不能偏離其本事，這一點與詞牌、曲牌有很大不同，漢人樂府因而開"依題制詩"之風。那麼，宋人對唐人新題的擬作是否依照本事？這樣的現象與唐宋人擬古樂府的現象是否又有相通之處？這些詩歌本身又具備哪些特徵，能否反映由唐至宋人們的審美取向以及社會生活的變遷？唐人所作的新樂府在宋人眼裏又有何意味，作何解讀？帶著以上幾個問題，我對宋代擬唐新題樂府的詩作進行了一番耙梳，發現這樣的作品竟然有接近三百首，但對此類新樂府詩的研究也的確存在空白，便在諮詢業師尚永亮先生的意見後，定下此題。

有宋以來，"樂府"一詞逐漸被注入新的內涵。宋人將長短句稱"樂府"，元人又將曲子稱"樂府"，"樂府"一詞像是任人打扮的小姑娘，因為它意味著"朝堂"、意味著"正統"，每當創作者需要為新的文體爭取正統地位時，便為其冠以"樂府"之名。孫尚勇先生在《古代"樂府"內涵的變遷》一文中指出："宋人在具體的詩歌評論中以樂府指稱漢唐樂府詩的例子不太多，較多的情況是以'古樂府'或'樂府詩'、'樂府詞'名漢唐之樂府詩……在宋代詩學批評著作中，樂府幾乎成了詞的專用名稱。"[①] 也許是詞體在宋代過於璀璨奪目的原因，對這一時期正統樂府作品的研究顯得有些"門可羅雀"。然而，宋代樂府詩本就有其無法取代的文學價值，許多學者也關注到了這點，對宋代樂府詩進行了系統的研究。但對宋代擬唐新題樂府的研究似乎少有人涉足，只有郭麗女士、吳相洲先生編著的《樂府續集》中以"與唐人新樂府同題"為分類標準，將該類作品劃入"新樂府辭"中。

對於宋代擬唐新題樂府的研究，有幾個重要的意義。

---

① 孫尚勇：《古代"樂府"內涵的變遷》，中國社會科學報，2013（A08）

| 緒 論

　　一方面，擬唐新題樂府作品本身就是十分值得注意的研究對象。郭茂倩編《樂府詩集》為"新樂府辭章"注云："新樂府者，皆唐世之新歌也。以其辭實樂府，而未常被於聲，故曰新樂府也。"[①] 由是可知，唐之新樂府很少被以絲竹，許多新辭有歌而無聲，有調而無曲。音樂作為一門時間的藝術，本就難以傳承，唐代新樂府傳至宋代，或曾有歌者，也苦於技術之落後而難以保存。但唐宋時代相距不遠，宋人所觀唐世文本大多可信度較高。唐人作樂府，有擬古之風；迨至趙宋，非但有擬古者，更有擬唐新題者。拋開摹仿者的心理因素等，這些擬唐新題樂府作品本身作為文學現象，不應成為研究空白，也值得學界的探討揣摩。

　　另一方面，我們試圖引入宋人的眼光來審視唐代新題樂府。文學作品經歷了歷代讀者的閱讀、傳播以及多次闡釋，最終從單純的文本演化為經典，文學文本在這個過程中"被賦予的意義"是不可忽視的。蔣寅先生在做研究時曾提出"將理論問題還原到過程中去，使詩學的基本概念呈現其構建過程和被理解接受的歷史。"[②] "擬作"本身就是典型的闡釋現象，它所呈現的不僅僅是擬作的文本本身，更蘊含了對前代作品的審美傾向。此外，由於環境的變遷，創作者身份與摹仿者的不同，"擬作"往往也會迸發出新的闡釋和理解。"後之視今，亦如今之視昔"，我們研究"宋人在如何理解唐人作品"，對我們把握文學發展的規律以及理解文學接受對文學作品本身所產生的影響都大有裨益。

　　最後，自晚唐而至宋、元，音樂文學的形式不斷變化。有宋一代，

---

① （宋）郭茂倩：《樂府詩集》，中華書局，2019
② 蔣寅：《王漁洋與康熙詩壇》，中國社會科學出版社，2001年版，序言第4頁。

樂府作品徒詩化，音樂文學的載體逐漸變為曲子詞。唐之新樂府，或已亡佚其調，宋人視之，以為徒詩。可以說，在宋人的觀念中，唐之新樂府是無異於徒詩的。對宋代擬唐新題樂府進行研究，或對梳理宋代樂府徒詩化的發展流變過程具有重要意義。

總而言之，宋代擬唐新題樂府，是樂府學研究中不可或缺的一環。這項研究既有利於完善宋代樂府學的研究，使宋代文學的部分風貌更加清晰地展現在我們眼前，亦在一定程度上有利於豐富和完善樂府文學流變的具體脈絡。

第二節　研究現狀

本文的研究對象是宋人同題擬作唐新樂府辭的作品。目前學界對宋代擬唐新題樂府大多是在界定宋代新樂府時有所涉及，如張煜《宋代新樂府的認定》中，將"唐代新樂府詩題的擬作或糾謬之作"劃為唐後新樂府辭的認定標準之一[①]；2020年，由上海古籍出版社出版的，郭麗女士與吳相洲先生編著的《樂府續集》一書中，編者為宋代卷"新樂府辭"作題解時云"宋之新樂府辭准的，似可繩以右列諸條：一曰《樂府詩集·新樂府辭》諸題之擬作者"[②]。但是針對擬唐新題樂府作品的研究似乎尚未可見。宋代擬唐新題樂府者，按時代劃分，為宋代樂府；按樂府類型劃分，為新樂府辭。因此舉列國內外關於宋樂府和新樂府兩方面的研究成果。

首先是宋代樂府和宋代樂府詩的相關研究。有將樂府制度作為研究

---

① 張煜：《宋代新樂府的認定》，《樂府學（第七輯）》。
② 郭麗，吳相洲：《樂府續集》，上海古籍出版社，2020年版，第2061頁。

對象者,以衛亞昊《兩宋樂府制度研究》[1]為代表,該書詳細考證了宋代諸樂府機構的運行模式、人員構成及流變情況;有將宋代某一樂府詩人作為研究對象者,如薛瑾《張耒詩歌研究》[2],楊娟《曹勛樂府詩研究》[3],梁澤紅《周紫芝樂府詩研究》[4],吳彩虹《陸遊樂府詩研究》[5],顧燁《劉克莊樂府詩研究》[6]等,這些論文都以樂府作者為研究對象,考述其生平、創作思想以及創作方式,並做了十分扎實的文獻考征。有以宋代樂府詩歌題材為切入點進行的研究,如鄒曉霞《宋代采桑詩研究》[7],李曉丹《南宋邊塞詩研究》[8],吳彤英《宋代樂府題邊塞詩研究》[9]。更有按郭茂倩《樂府詩集》進行分類研究者,如羅瓊《宋代郊廟歌辭研究》[10],陳斯柔《宋代琴操詩研究》[11],孟靜《宋代古題樂府研究》[12]。對宋代樂府進行全面研究者,則是羅旻博士的學位論文《宋代樂府詩研究》[13],她以歷史的眼光考究宋代樂府創作理念的來源,並且全面而完整地考證了宋代樂府詩是如何繼承的前代傳統,又為何起到

---

[1] 衛亞昊,衛劍闋:《兩宋樂府制研究》,中國社會科學出版社,2022年版。
[2] 薛瑾:《張耒詩歌研究》,浙江大學2018年博士學位論文。
[3] 楊娟:《曹勛樂府詩研究》,廣西師範大學2007年碩士學位論文。
[4] 梁澤紅:《周紫芝樂府詩研究》,廣西師範大學2022年碩士學位論文。
[5] 吳彩虹:《陸遊樂府詩研究》,江蘇師範大學2020年碩士學位論文。
[6] 顧燁:《劉克莊樂府詩研究》,江蘇師範大學2020年碩士學位論文。
[7] 鄒曉霞:《宋代采桑詩研究》,河北師範大學2019年碩士學位論文。
[8] 李曉丹:《南宋邊塞詩研究》,西南交通大學2018年碩士學位論文。
[9] 吳彤英:《宋代樂府題邊塞詩研究》,河北師範大學2009年碩士學位論文。
[10] 羅瓊:《宋代郊廟歌辭研究》首都師範大學2011年碩士學位論文。
[11] 陳斯柔:《宋代琴操詩研究》,淮北師範大學2020年碩士學位論文。
[12] 孟靜:《宋代古題樂府研究》,河北師範大學2010年碩士學位論文。
[13] 羅旻:《宋代樂府詩研究》,北京大學2013年博士學位論文。

"繼往開來"的作用。

宋代樂府詩學研究比之前代則明顯起步較晚，但亦有可圈可點之處：首先是對樂府內涵變遷的探討，主要涉及詞樂之辨、正體之論，如韓經太《唐宋詞學的自覺與樂府傳統的新變》以詞家自尊為切口，對樂府傳統及樂府觀念的增殖性歷史新變化進行了探討。其二是對宋人樂府理論及觀念的梳理，不僅包括對張耒等著名樂府詩人樂府觀念的關注，更有對宋人整體樂府觀念及其嬗變的概括，如王斌輝《宋人的樂府觀與樂府詩創作——前者以宋人三部總集為例》，將《唐文粹》《文苑英華》《樂府詩集》三部宋人總集中收錄唐人樂府之數量、偏好等作出對比，從而窺得宋人樂府觀之嬗變；粟陽陽《詩話樂府三論》則系統梳理詩話中與宋人樂府觀相關的章節。其三是從接受學角度談宋人對前人樂府觀念的接納，如王錫九《白居易新樂府對宋元詩歌的影響》，于展東《"張籍王建體"研究》等，均對此題有大量論斷。

再談新樂府的研究現狀。這一論題國內研究已經有了十分豐碩的成果，主要討論集中在：第一，新樂府的界定問題。如葛曉音《新樂府和緣起和界定》①，朱炯遠《論新樂府運動爭議中的幾個問題》②等論文，重新考述"新樂府"的概念，並且力圖將其內涵準確化。第二，是針對新樂府詩人的研究，這些研究大多圍繞元稹、白居易進行，如王運熙《諷喻詩和新樂府的關係和區別》③一文，認為"新樂府運動"一詞並不適用於元稹、白居易的創作，用"諷喻詩運動"則更為貼切；羅宗強《"新樂府運動"的種種》，宿豐《也談"新樂府運動"》，謝孟《政治功利

---

① 葛曉音：《新樂府的緣起和界定》，《中國社會科學》，1995 年第 3 期。
② 朱炯遠：《論新樂府運動中爭議的幾個問題》，《文藝理論研究》，2000 年第 2 期。
③ 王運熙：《諷諭詩和新樂府的關係和區別》，《復旦學報》，1996 年第 6 期。

與白居易新樂府》，吳熊和《白居易的〈新樂府〉》均是針對元白詩派的研究。

張煜博士的學位論文《新樂府辭研究》則是其中集大成者，他從文獻、文學、音樂三個層面著手，不僅輯補唐人新樂府 170 題，考察了新樂府辭的入樂情況，還論及翰林學士對新樂府創作的推動，最後考釋唐人諸家新樂府，是國內樂府學研究不可或缺的一環。

總而言之，我國新樂府研究已成規模，且具有多元化的特徵，然這些研究大多止乎唐朝，未及後世；而關於宋代樂府的研究則仍顯散亂，雖花開各處，卻始終未成系統，偶見對宋代樂府詩的全面研究，也難免因篇幅、角度等限制而有所疏漏。本文將著力於"宋人擬新樂府"一題，將宋代新樂府引入研究視野，並以接受學的視角對唐宋樂府之變做出探索，以補前人研究之不足。

第三節　研究方法

本研究主要採用以下四種研究方法：

一、文獻梳理法：以北京大學出版社 1995 年版的《全宋詩》為底本，參照郭麗、吳相洲 2020 年出版的《樂府續集》，對宋人擬新樂府進行爬梳，力求完整精確。

二、文本分析法：本文以宋人擬新樂府原作為分析對象，對其創作方法、思想內容以及對唐人新樂府的摹仿進行分析。

三、比較分析法：設置對照組，即唐人新樂府原作和宋人新樂府擬作，分別分析其思想價值及創作方法，以瞭解新樂府由唐至宋的流變情況；同時將宋人擬作的新樂府和宋人自創題目的新樂府進行對比，探討

"擬作"方式之得失。

  四、表格整理法：本文在梳理唐宋新樂府文本後，將以表格的形式呈現唐人新題為宋人擬作之狀況，宋代不同時段的詩人對唐新樂府的選題傾向以及宋人擬新樂府諸篇的具體創作方式，並為之後學者的研究提供便利。

第一章　宋人擬新樂府的整體風貌

新樂府乃"唐世之新歌",即唐人新制的樂府。按郭茂倩《樂府詩集》,初唐時期,長孫無忌、劉希夷等人就已經在創制新樂府,但是"新樂府"一詞的正式提出則在中唐時期,元稹、白居易以杜甫為標杆,大力推行新樂府。到了宋代,主流學者對"新樂府"的態度也幾經改易,直到郭茂倩編訂《樂府詩集》,"新樂府"的概念才被基本確定下來。宋代人作新樂府,大抵分為兩種方法,一個是直接採用唐人新題進行創作;另一種方式則是學習元稹、白居易直接自命新題進行創作,本文的研究對象即為前者。本章主要從宋人的審美傾向以及對唐人新樂府範式的選擇,宋人擬新樂府作者的身份等方面對宋人擬新樂府的整體風貌進行概述。

第一節　"新樂府"觀念的唐宋遞變

"夫樂府,聲依永,律和聲者也"[1],"樂府"一詞的具體內涵在時代的變遷中不斷迭代,但其內涵往往指向音樂與文本相結合的文體。"新樂府"這一名稱則是於中唐元和時期由白居易正式提出——元、白二人有感於杜甫自創新題、諷興時事的歌行體詩,對其做了有意識地總

---

[1]（南朝）劉勰 著,陸侃如 牟世金 譯注:《文心雕龍譯注》,齊魯書社,2009年版,第152頁。

結學習，並將自身的諷喻類歌行名曰新樂府。到了宋代，"樂府""新樂府"的概念都發生了較大改變；"樂府"除了指代傳統朝廷樂章之外，更多地被宋人用以稱名曲子詞，原因大抵有二，一是詞於宋時躋身廟堂，居樂府之用，如《六州》《十二時》《降仙臺》等詞曾被用作寧宗郊祀大典，其功能等同於雅樂；二是宋人為提高詞體地位，擺脫其為詩餘的尷尬境地，於是用朝廷正統之"樂府"為其稱名。

"新樂府"一詞則更被理所當然地用作新興的詞。觀宋代風人詩篇，如：

玉女爭求新樂府，金童時獻碧瑤鐘。[1]

徐積《詩酒仙》

坐客要聞新樂府，應須灆口琵琶聲。[2]

蘇轍《再和十首》

傳說姑蘇新樂府，只緣太守例能詩。[3]

林光朝《代陳季若上張帥》

盡抄新樂府，惜欠雪兒謳。[4]

陳造《次韻朱萬卿五首》

太白自翻新樂府，小蠻度入妙歌聲。[5]

---

[1] 傅璇琮 等編：《全宋詩》卷六五五，冊11，北京大學出版社，1995年版，第7700頁。
[2] 傅璇琮 等編：《全宋詩》卷八五八，冊15，北京大學出版社，1995年版，第9958頁。
[3] （清）吳之振 等選，（清）管庭芬（清）蔣光煦 補：《宋史鈔》，《宋詩鈔初集》，《艾軒詩鈔》，中華書局，1986年版，第2379頁。
[4] 傅璇琮 等編：《全宋詩》卷二四三一，冊45，北京大學出版社，1995年版，第28091頁。
[5] （宋）楊萬里 撰，辛更儒 箋校：《楊万里集笺校》，卷三四，中華書局，2007年版，第1758頁。

楊萬里《酣賦亭》

除了最後一句，誠齋所謂"新樂府"或許指的是唐人太白諸如《清平樂》《長相思》之類的樂府創作，其餘四句大抵都指的曲子詞。郭氏編集，則又將多篇元稹所以為"樂府古題"者收入"新樂府辭"當中，可見"新樂府"一詞自被提出，一直到郭氏編纂《樂府詩集》，其內涵必然發生了變化。暫且將"曲子詞"這一內涵按下不表，下文將嘗試梳理由中唐元和直到宋人郭茂倩編集，"新樂府"內涵的遞變。

一、元稹、白居易提出的"新樂府"：所遇所感，關於美刺興比者

"新樂府"以白樂天、元微之為首倡。其所謂"新樂府"者，比之宋人實為狹義。《與元九書》中，白氏提及："自拾遺來，凡所遇所感，關於美刺興比者；又自武德至元和因事立題，題為'新樂府'者，共一百五十首，謂之'諷喻詩'。"[①] 白居易提及"新樂府"，著重強調的是題目之"新"，而非詩歌體制的"新"；又樂府歌詩傳承自漢魏，具有貼乎世情，變乎世序，感於哀樂，緣事而發的特徵，樂天所謂諷喻，補察時政，導泄人情，恰好可以"樂府"作為依託，並自為其題，故為"新樂府"。

元稹《和李校書新題樂府十二首並序》也提及自己與好友李紳唱和為新樂府：

予友李公垂貺予樂府新題二十首，雅有所謂，不虛為文。予取其病時之尤急者，列而和之，蓋十二而已。[②]

《敘詩寄樂天書》中也對新樂府下了定義：

---

① 朱金城：《白居易集箋校》，第 45 卷，上海古籍出版社，1988 年版，第 2789 頁。
② 冀勤校點：《元稹集》，第 24 卷，中華书局，1982 年版，第 277 頁。

詞實樂流，而止於模象物色者，為新題樂府。[①]
"詞實樂流"不僅指新樂府的辭章需要合乎音樂，也強調內容要具備樂府敘事傳統，並選擇敘事的生活片段進行勾勒，"模象物色"即旨在粗略勾勒。但元氏所作新樂府亦多美刺之聲，並非止乎模象物色。

《樂府古題序》點出自己和白居易、李紳等人"遂不復擬古題"的詩歌創作：

> 況自《風》《雅》，至於樂流，莫非諷興當時之事，以貽後代之人。沿襲古題，唱和重複，於文或有短長，於義咸為贅剩。尚不如寓意古題，刺美見事，猶有詩人引古以諷之義焉。曹、劉、沈、鮑之徒，時得如此，亦復稀少。近代唯詩人杜甫《悲陳陶》、《哀江頭》、《兵車》、《麗人》等，凡所歌行，率皆即事名篇，無復倚傍。予少時與友人樂天、李公垂輩，謂是為當，遂不復擬賦古題。昨梁州見進士劉猛、李餘各賦古樂府詩數十首，其中一二十章，咸有新意，予因選而和之。其有雖用古題，全無古義者，若《出門行》不言離別，《將進酒》特書列女之類是也。其或頗同古義，全創新詞者，則《田家》止述軍輸、《捉捕》詞先螻蟻之類是也。劉、李二子方將極意於斯文，因為粗明古今歌詩同異之音焉。[②]

此序也被郭茂倩引用作《新樂府辭》的題解。本為元稹唱和劉猛、李餘二人之古樂府詩所作，並謂劉、李二人古樂府詩"咸有新意"，有新意又分"雖用古題，全無古義"和"頗同古義，全創新詞"兩種情況；雖然元稹肯定劉、李二人跳出古題桎梏，或抒發新意，或創制新詞，對古

[①] 冀勤校点：《元稹集》，第30卷，中华书局，1982年版，第351页。
[②] 冀勤校点：《元稹集》，第23卷，中华书局，1982年版，第254页。

樂府推陳出新，但他實際上還是沒有將這些詩作劃分為"新題樂府"。元稹等人的"新樂府"啟蒙當推老杜，其"即事名篇，無復倚傍"的創制方式對元、白、李產生了深刻影響，並直接推動了新題樂府的勃興；觀《樂府古題序》全文，元稹所重者"諷"，他與友人為新樂府，乃是為了沿著杜甫開闢的道路對時事進行諷興。以此觀之，元稹所謂"新樂府"與白居易一致，是對自己創制新題的諷喻類詩作的特指。

二、《文苑英華》到《唐文粹》：宋初對"新樂府"的有意弱化

北宋太平興國元年九月，宋太宗詔令一批學者編纂大型類書《文苑英華》，作為一部大型文學總集，它共選錄詩歌一百九十九卷，自梁末至五代萬餘首，其中收錄唐人詩歌近八千首。作為一部官方文獻，書目的分類方式，選錄傾向均體現著宋初主流學者的審美趣味乃至隱含的政治傾向。

唐人錄唐詩，多以詩人出生時代為先後進行排序；而《文苑英華》則擺脫了"以時編次"這種較為簡單直接的思維方式，轉而"以類編次"，這種"類"的排布選編則進一步體現了宋初學者對不同詩歌體制的定義。《文苑英華》的選家將詩歌類分為天部、地部、帝德、應制、應令、省試、朝省、樂府、音樂、人卷、釋門、道門、隱逸、寺院、酬和、寄贈、送行、留別、行邁、軍旅、悲悼、居處、郊祀、花木、禽獸、四時、仙道、紀功、征戍、音樂、酒、草木、書、圖畫、雜贈、送行、山石、隱逸、佛寺、樓臺、宮閣、獸、禽、愁怨、服用、博戲、雜歌等卷，其中樂府卷收錄的大多為唐人樂府，且並無新題。王斌輝先生《宋人的樂府觀與樂府詩創作》一文指出，《文苑英華》樂府卷中，收錄182位唐人共582首樂府詩，以李白杜甫二人最多。而以新樂府創制著稱的白居易被選入"樂府類"的則是《長安道》《對酒》《潛別離》《生別離》《短歌》《昭君怨》《古挽歌》等古題樂府，其新樂府詩則並不被分在"詩"類，而被歸於"歌行"類。白氏自為新題者共五十首，《文苑英華》於"歌行類"選錄二十首，分別為《七德舞》《華原磬》《胡旋女》《新豐折臂翁》《太行路》《司天臺》《馴犀》《五弦彈》《驪宮高》《百鍊鏡》《青石》《兩朱閣》《西涼伎》《八駿圖》《澗底松》《牡丹芳》《陰山道》《官牛》《秦吉了》《鴉九劍》。

樂府與歌行，似乎在唐宋之際被經常混用，但從未被完全地歸為一類。清人馮班《鈍吟雜錄》中曾論述"樂府"與"歌行"二者之間的關係："大略歌行出於樂府，曰'行'者，猶仍樂府之名也。"① 元稹《樂府古題序》中也將杜甫的樂府詩稱為歌行，"近代唯詩人杜甫《悲陳陶》《哀江頭》《兵車》《麗人》等，凡所歌行，率皆即事名篇，無復倚傍。"② 但白居易的《與元九書》中，則將樂府、歌行、律、絕等區分成不同詩歌體裁："當此之時，足下興有餘力，且欲與僕悉索還往中詩，取其尤長者，如張十八古樂府、李二十新歌行、盧楊二秘書律詩、竇七元八絕句，博搜精掇，編而次之，號《元白往還詩集》。"③ 我們可以確定的是，"歌行"一詞當出於樂府，明人胡應麟《詩藪·內編》云"四言變而離騷，離騷變而五言，五言變而律詩，律詩變而絕句,詩之體以代變也……曰風，曰雅，曰頌，三代之音也；曰歌、曰行、曰吟、曰操、曰辭、曰曲、曰諺、曰謠，兩漢之音也；曰律、曰排律、曰絕句，唐人之音也。詩至於唐而格備，至於絕而體窮。"④ 漢代早已用歌、行、吟、操等為樂府歌詩命名，

---

① （清）馮班 撰，（清）何焯 評：《鈍吟雜錄》，中華書局，2013年版，第142-143頁。
② （唐）元稹：《元稹集》卷二十三，中華書局，2010年版，第292頁。
③ （唐）白居易：《白居易集》卷四十五，中華書局，1979年版，第65-66頁。
④ （明）胡應麟 撰：《詩藪·內編》卷一，北京：中華書局，1962年版，第1頁。

以示其體制之不同，但這些歌詩都具備音樂性。唐諸家所稱"歌行"，具體內涵似乎並不一致，但經常與諸詩體並列。依筆者拙見，樂府和歌行似乎並不能簡單地構成並列關係甚至包含關係，歌行更加偏指體裁，樂府則更偏指歌詩的音樂性，二者當有交叉。《文苑英華》將"樂府"放在"詩"這一文類下，並單獨將"歌行"作為大類，歌行中亦但置"音樂"類，雖然這種分類方式並非盡善盡美，但依然體現了宋初文臣學者的編纂理念，即弱化"新樂府"，不提倡諷興之詩。《文苑英華》出自朝堂，雖然是一部文學總集，但它更像是作為一部統治者推崇的"範本"用以昭示天下，比之"文學性"，其內在更包含著"政治性"。宋初海內升平，需安定民心，顯示富強，"新樂府"作為諷喻類詩歌，接觸社會黑暗及統治腐敗等等並不被統治者提倡，但也並不會將其完全排斥，弱化"新樂府"概念便成了太宗館閣文人的必然選擇。

宋真宗咸平五年，姚鉉開始著手編纂《唐文粹》，此時距離《文苑英華》完成不過二十年。姚鉉謂"得古賦、樂章、歌詩、贊、頌、碑、銘、文、論、箋、表、傳、錄、書、序，凡為一百卷"，並將"詩"分為古今樂章、樂府辭、古調歌篇三大類。姚鉉在"樂府辭"下亦收錄白居易之諷喻詩，雖然出於謹慎的考量只選有六首，也體現宋人對白氏新樂府"樂諷"功能的逐漸認可。

三、《樂府詩集》問世："新樂府"內涵的擴展與確立

郭茂倩出生於北宋慶歷年間，與蘇軾、黃庭堅等大家活躍在同一時期。郭氏大力收集和編纂各類樂府，並且首次將樂府細分為十二大類。其中，"新樂府辭"為郭氏編選的最後一類，其序體現著郭茂倩對新樂府的理解。郭氏首先援引元稹《樂府古題序》，併發表自己的看法：

> 新樂府者皆唐世之新歌也，以其辭實樂府而未常被於聲，

故曰新樂府也。元微之病後人沿襲古題唱和重複，謂不如寓意古題刺美見事，猶有詩人引古以諷之義。近代唯杜甫《悲陳陶》、《哀江頭》、《兵車》、《麗人》等歌行，率皆即事名篇，無復倚旁，乃與白樂天、李公垂輩謂是為當，遂不復更擬古題。因劉猛李餘賦樂府詩咸有新意，乃作《出門》等行十餘篇，其有雖用古題全無古義，則《出門行》不言離別，《將進酒》特書列女。其或頗同古義全創新詞，則《田家》止述軍輸，《捉捕》請先螻蟻，如此之類皆名樂府。由是觀之，自風雅之作以至於今，莫非諷興當時之事，以貽後世之審音者，儻采歌謠以被聲樂，則新樂府其庶幾焉！①

郭氏引此段以為新樂府之解，其內涵恐怕於元白所謂"新樂府"稍有擴充。按微之、樂天本意，則元和李紳十二首，及白因事立題五十首者為新樂府。上文提到，元白等人所謂新樂府，需自擬新題，其辭以輕淺為佳，必以美刺，諷於時事，以期被聲樂、廣流傳。郭氏則不僅將元、白自認的新題樂府收入《新樂府辭》，更將元稹所和劉、李二人之章皆列入新題樂府，如《田家詞》《織婦詞》《夢上天》《憶遠曲》等通通納入新題樂府，按元稹《樂府古題序》，這些都是樂府古題，是以知郭氏與元白二人新樂府觀念實有不同。葛曉音先生早在《新樂府的緣起與界定》一文中便注意到了這個問題，她指出"郭茂倩對新樂府的體制有所界定，而內容有較大隨意性，元、白的新樂府在內容上有明確要求，而在體制上則有相當大的隨意性"②，此言道出元白新樂府和郭氏新樂府的不同特徵，但並未點出郭氏收錄新樂府的標準。

---

① （宋）郭茂倩：《樂府詩集》卷第九十，中華書局，1979年版，第1262頁。
② 葛曉音：《新樂府的緣起和界定》，《中國社會科學》，1995年，第3期。

第一章 宋人擬新樂府的整體風貌

郭茂倩所謂新樂府又做何解呢？回到郭氏題解：

> 樂府之名，起於漢、魏。自孝惠帝時，夏侯寬為樂府令，始以名官。至武帝，乃立樂府，采詩夜誦，有趙、代、秦、楚之謳。則采歌謠，被聲樂，其來蓋亦遠矣。凡樂府歌辭，有因聲而作歌者，若魏之三調歌詩，因弦管金石，造歌以被之是也。有因歌而造聲者，若清商、吳聲諸曲，始皆徒歌，既而被之弦管是也。有有聲有辭者，若郊廟、相和、鐃歌、橫吹等曲是也。有有辭無聲者，若後人之所述作，未必盡被於金石是也。新樂府者，皆唐世之新歌也。以其辭實樂府，而未嘗被於聲，故曰新樂府也。①

郭茂倩為"新樂府"下定義為："新樂府者，皆唐世之新歌也。以其辭實樂府，而未嘗被於聲，故曰新樂府也。"其中"新歌"一詞，為學界爭論日久，主要爭論的則是郭氏既言其為"新歌"，又認為這些作品"未嘗被於聲"，豈非矛盾？又言郭氏分辨各類樂府實在混亂。事實上，"歌"與"聲"不能下意識地理解為現在的觀念，而是各有所指。

先談"新歌"，筆者以為吳相洲先生的觀點最為客觀可信，按吳先生《論郭茂倩新樂府含義、範圍及入樂問題》②，云"新歌"者，蓋有別"新樂""新聲"，而當訓以"新歌辭"義，如《舊唐書·音樂志》錄《明君》：

> 《明君》，漢元帝時，匈奴單于入朝，詔王嬙配之，即昭君也。及將去，入辭。光彩射人，聳動左右，天子悔焉。漢人憐其遠嫁，為作此歌。晉石崇妓綠珠善舞，以此曲教之，而自製新歌曰："我本漢家子，將適單于庭，昔為匣中玉，

---

① （宋）郭茂倩：《樂府詩集》卷第九十，中華書局，1979年版，第 1262-1263 頁。
② 吳相洲：《論郭茂倩新樂府涵義、範圍及入樂問題》，《文學遺產》，2017 年 04 期。

今為糞土英。"①

文中言"以曲教之,自製新歌",知"曲""歌"可相別異也。段玉裁《說文解字注》:

> 歌,詠也。言部,曰永歌也……歌或從言,歌永言故,從言,可部。②

由上可知,"歌"字本身跟言語的相關性更大,與音樂的關聯程度反而並不若其文本緊密。而"曲"則為同聲假借字,按段注:

> 曲,象器曲受物之形也……又樂章為曲。謂音宛曲而成章也。《周語》曰:士獻詩,瞽獻曲。章云:曲,樂曲也。……按曲合樂者,合於樂器也。③

"曲"為樂章,和"歌"的含義各有側重。因而郭茂倩言新樂府者,往往指代唐代產生的樂府辭章。

再談"辭實樂府"。這裏講的乃是新樂府辭的體制與淵源。上溯兩漢,"樂府"指的是音樂機構名,由樂府機構採納的詩在當時並不稱"樂府",而是"歌詩"。據孫尚勇先生考證,"以樂府名文人所作詩歌,大約始於西晉末"④,而文人所作者,也是依樂府題而作,其淵源依然是朝廷歌詩。到了唐代,官方不再將其音樂機構稱作"樂府",但文獻仍有以樂府指代朝堂雅樂機構的現象:

> 大唐高祖受禪後,軍國多務,未遑改創,樂府尚用隋氏舊文。至武德九年正月,始命太常少卿祖孝孫考正雅樂,至

---

① (後晉)劉昫撰:《舊唐書》卷二十九,中華書局,1975年版,第1063頁。
② (清)段玉裁:《說文解字注》,經韻樓藏版,嘉慶二十年,第1643頁。
③ (清)段玉裁:《說文解字注》,經韻樓藏版,嘉慶二十年,第2546頁。
④ 孫尚勇:《古代"樂府"內涵的變遷》,《中國社會科學報》,2013年07月。

貞觀二年六月樂成，奏之。①

　　大唐顯慶二年……以《御製雪詩》為《白雪歌辭》。又樂府奏正曲之後，皆有送聲，君唱臣和，事彰前史。輒取侍中許敬宗等奏和雪詩十六首，以為送聲，各十六節。上善之，仍付太常，編於樂府。②

唐代詩人提及"樂府"，也總是和君王、郊廟、帝歌、六宮等辭彙一同出現：

　　朝來樂府長歌曲，唱著君王自作詞。③

　　郊廟登歌贊君美，樂府豔詞悅君意。④

　　帝歌流樂府，溪谷也增榮。⑤

　　昨日天風吹樂府，六宮絲管一時新。⑥

可見，在唐人觀念中，樂府詩依然與廟堂緊密相關，唐及前人作"樂府"，往往體現其為正統作歌采樂的理念。典型如李白，他大力賦寫古題樂府，並儘量還原古題樂府本事，正如其《古風》自述，"大雅久不作，吾衰竟誰陳……我志在刪述，垂輝映千春。希聖如有立，絕筆於獲麟"⑦，

---

① （唐）杜佑《通典》，第143卷，第2654頁，中華書局，1995。
② （唐）杜佑《通典》，第143卷，第2654頁，中華書局，1995。
③ （唐）劉禹錫：《魏宮詞二首》，瞿蛻園《劉禹錫集箋證》第26卷，上海古籍出版社，1989年版，第821頁。
④ （唐）白居易：《采詩官——監前王亂亡之由也》，朱金城《白居易集箋校》第65卷，上海古籍出版社，1988年版，第3550-3551頁。
⑤ （唐）張說：《奉和聖制幸鳳湯泉應制》，《全唐詩》第88卷，中華書局，1960年版，第965頁。
⑥ （唐）章孝標：《贈陸粵浙西進詩除官》，《全唐詩》第506卷，中華書局，1964年版，第6751頁。
⑦ （唐）李白著，（清）王琦注：《李太白全集》卷二，中華書局，1977年版，第87頁。

他希望自己所作古題樂府為朝廷採納，從而實現上繼孔子的理想。郭茂倩作為《樂府詩集》的編纂者，他清晰地意識到無論古題新題，樂府詩都與文人事功理想以及禮樂教化觀念相關，因此郭氏在選擇底本時，就十分注重文本的正統性，正如吳相洲先生所言，"歌錄、樂錄，正史樂志，是記錄樂府歌辭的重要文獻，都是《樂府詩集》作品的重要來源。見載於這些著作，表明歌辭已被樂府採納，不論是否被之管弦，都是樂府"①。

最後是"未常被於聲"，要注意這裏的"未常"不是"未嘗"，觀《說文》及《康熙字典》，"常"，從巾尚聲，或從衣，與"裳"同，後曰衣裳者，則"裳"行而"常"廢，"常"引申為經常之常；"嘗"則從旨尚聲，"口味之也"，引申為"曾"意。此二字未見通假，因而郭氏言"未常被於聲"指的是新樂府在形式上有時與音樂分離，而不是從未被傳唱入樂。但"未被於聲"並不代表創作者有意為之，相反，元白等人實際上十分希望自己的新樂府作品能夠廣泛傳唱。據學者張煜考證，郭茂倩所錄新樂府辭共235題，有證據被傳唱入樂的則至少有40題②，因此不能簡單地以"不入樂"作為新樂府的定義，對新樂府辭樂關係正確的理解應該是"有待於被採納配樂"的樂府辭章。

綜上，新樂府概念自元和時期被提出一直到北宋末期郭茂倩編集，內涵發生了不小變化。郭氏所言新樂府，則指的是新產生於唐代的，有待於被朝廷採納傳唱的樂府辭章。本文以《樂府詩集》中收錄的新樂府辭為底本，收集宋人擬寫的唐人新樂府，並在此基礎上做研究分析。

---

① 吳相洲：《論郭茂倩新樂府涵義、範圍及入樂問題》，《文學遺產》，2017年04期。
② 張煜：《新樂府辭研究》，2005年首都師範大學博士學位論文。

第二節　宋人審美傾向與新題樂府範式的選擇

一、"一時自謂之宗唐"：追步唐人而逐漸形成的"平淡"傾向

宋之文脈，承自唐時。宋人對唐人詩歌的崇拜自不必說，"宗唐而變唐"更是宋代詩學的基本觀念。宋初詩歌的發展沿著唐人開闢的道路摸索前行，具體可分為"白體""崑體""晚唐體"三種路數，直到歐、蘇、梅等一變宋之詩風，晚唐風氣才逐漸退出詩壇。

  詩學晚唐不自四靈始。宋劃五代舊習，詩有白體、崑體、晚唐體。白體如李文正、徐常侍昆仲、王元之、王漢謀；崑體則有楊、劉《西崑集》傳世，二宋、張乖崖、錢僖公、丁崖州皆是；晚唐體則九僧最逼真，寇萊公、魯三交、林和靖、魏仲先父子、潘逍遙、趙清獻之父，凡數十家，深涵茂育，氣極勢盛。歐陽公出焉，一變為李太白、韓昌黎之詩，蘇子美二難相為頡頏，梅聖俞則唐體之出類者也；晚唐於是退舍。[①]

  國初之詩尚沿襲前人，王黃州學白樂天，楊文公、劉中山學李商隱，盛文肅學韋蘇州，歐陽公學韓退之古詩，梅聖俞學唐人平淡處。至東坡山谷，始自出己意以為詩，唐人之風變矣。山谷用工尤為深刻，其後法席盛行，海內稱為江西宗派。近世趙紫芝、翁靈舒輩，獨喜賈島、姚合之詩，稍稍復就清苦之風。江湖詩人多效其體，一時自謂之唐宗。[②]

[①] 丁放 撰：《元代詩論校釋》，中華書局，2020年版，第71頁。
[②] （宋）嚴羽 撰，普慧 孫尚勇 楊遇青 評注：《滄浪詩話》，中華書局，2020年版，第23-24頁。

以上材料足以說明，有宋一代，詩歌都在在學習唐詩的步調中蹣跚前行。白體、西崑體、晚唐體等在宋初風靡一時，直到歐陽修、蘇舜欽、梅堯臣等人有意識地轉變詩風，繼而推進了宋調的發展。

　　可以說，宋詩所形成的平淡之美離不開宋人對唐詩範本的選擇以及摹仿。如新樂府大家白居易，為宋初文人所提倡之處並非其新樂府詩，而是閒適詩，《文苑英華》中，唐代諸家入選詩作以白居易為最多，但所選百分之六十者均為悠遠平和的詩風，對白氏閒適詩的極度推崇有其時代背景，宋初統治者雖然實行重文抑武政策，但仍然希望文臣儒士安分守己，樂天知命，於是選擇具有閒適情趣的"中隱之士"白居易為臣子典範，宋真宗"以唐刑部尚書致仕白居易孫利用為河南府助教，常令修奉墳塋影堂"①，給予樂天極高的身後禮遇，並"命江州葺唐白居易舊第。上與輔臣言及居易，嘉其能保名，即故有是命"②，有了朝堂導向，一時間士大夫皆宗樂天，作詩尤其摹仿其淡泊悠遠之情趣，也就不足為奇了。《文苑英華》選家李昉言："昔樂天、夢得有《劉白唱和集》，流布海內，為不朽之盛事。今之此詩，安知異日不為人之傳寫乎？"③宋初詩壇也在有意效仿元白、劉白之唱和酬贈，並將這種交往視為典範。文臣學士直接的此番往來雖然在一定程度上催生了不少可觀的詩文，但大一部分著實是作秀揚名之舉，刻意模仿閒適悠遠也直接導致了許多讀之嚼蠟的作品產生。

　　北宋慶曆期間，歐陽修、梅堯臣、蘇舜欽入主詩壇，他們秉持"作

---

① （宋）李燾 撰，上海師範大學古籍整理研究所、華東師範大學古籍整理研究所 點校：《續資治通鑒長編》卷六十五，中華書局，2004年版，第1446頁。
② 同上，《續資治通鑒長編》卷七十三，第1645頁。
③ 曾棗莊 劉琳主編：《全宋文》第三冊，上海辭書出版社，2006年版，第162頁

詩無古今,唯造平淡難"①的詩學理念,並汲取韓愈、孟郊以及杜甫等人古直平淡處,形成了外在閑遠,實則内裏覃思老道的風格;梅、歐之後,元祐詩壇的蘇軾、黄庭堅則理論和實踐並舉,將"平淡"這一詩美特質推向最高峰,但二人所謂"平淡"亦有不同,蘇之"淡"者在乎"至味","得於味外",故以陶詩為尚;黄之"淡"者關乎"大巧""爐火純青",因以杜詩為崇。從宋初到元祐,宋代人對"平淡"之風的追求形成了十分清晰的脈絡,這也奠定了宋詩的基本格調,他們對於樂府詩的創作也多選取田園風光、鄉土風俗乃至市民生活、集會之樂等題材。

二、"文昌樂府妙絕古今":宋人樂府兼推諸家而尤崇張籍

至若"樂府"類,宋人則尤推張籍,此外,他們對李白、杜甫、李賀、白居易等人的樂府也提及較多。

劉次莊《樂府塵土黄詞序》:"故自唐以來,杜甫則壯麗結約,如龍驤虎伏,容止有威。李白則飄揚振激,如浮雲轉石,勢不可遏。李賀則摘裂險絕,務為難及,曾無一點塵嬰之。張籍則平易優遊,足有雅思,而氣骨差弱。世異才殊,體隨之變,亦其勢也。"②劉氏以杜甫、李白、李賀、張籍四家樂府為典型,對其體勢風格進行評述,認為四家各有所長,不分優劣。

周紫芝《古今諸家樂府序》:"至唐而諸君子出,乃益可喜。餘嘗評諸家之作,以謂李太白最高而微短於韻,王建善諷而未能脱俗,孟東

---

① (宋)梅堯臣:《讀邵不疑學士詩卷》,周義敢 周雷編:《梅堯臣資料彙編》四,中華書局,2007年版,第117頁。
② 唐圭璋編:《詞話叢編》,《能改齋詞話》卷一,《樂府塵土黄詞》,中華書局,2006年版,第137頁。

野近古而思淺，李長吉語奇而入怪，唯張文昌兼諸家之善，妙絕古今。"①可見周氏評述唐人樂府，以其"善諷""脫俗""近古""語奇""妙韻"為善。

唐諸君子為宋人所推崇的特質其實並不相同。李白的古樂府上宗大雅，恣肆飛揚，尤其是其歌行，語律自由不羈，意象豪壯空靈，給人以氣象萬千、吞江倒海之感，他以復古思想對抗齊梁歌詩的因因相陳，堆砌賦寫之風。宋人作擬古樂府有時以李白為藍本進行化用，如崔敦禮《太白遠遊》："臥香爐以餐霞兮，窺石鏡而心清。遙見仙人於彩雲兮，把芙蓉於玉京。期汗漫於九垓兮，接盧敖於太清"②則直接化用《廬山謠寄盧侍禦虛舟》中"閒窺石鏡清我心，謝公行處蒼苔沒。早服還丹無世情，琴心三疊道初成。遙見仙人彩雲裏，手把芙蓉朝玉京。先期汗漫九垓上，願接盧敖遊太清"③，雖然是對太白詩歌的致敬，但也不乏有炫技逞才的意味。

杜甫、元稹、白居易等人為宋人所推者多為其美刺諷喻之新樂府。洪邁《容齋隨筆》："於先世及當時事，直辭詠寄，略無避隱……如《兵車行》、前後《出塞》、《石壕吏》、《麗人行》、《新婚別》、《悲青阪》、《垂老別》、《無家別》、《出塞》、《新安吏》、《撞關吏》《哀王孫》、《悲陳陶》、《哀江頭》、《公孫舞劍器行》終篇皆是"④，陸遊《宋都曹屢寄詩且督和答作此示之》同樣對杜、元、白等人的新樂

---

① 曾棗莊 劉琳主編：《全宋文》第162冊，上海辭書出版社，2006年版，第156頁。
② 金濤聲 朱文彩編：《李白資料彙編》唐宋之部，中華書局，2007年版，第401頁。
③ （清）彭定求 等編：《全唐詩》，中華書局，1960年版，第1773頁。
④ （宋）洪邁：《容齋續筆》卷二，《全宋筆記》第五編，第五冊，大象出版社，2012年版，第242頁。

府作出肯定："古詩三千篇，刪取才十一。每讀先再拜，若聽清廟瑟。詩降為楚騷，猶足中六律。天未喪斯文，杜老乃獨出。陵夷至元白，固已可憤疾"①。杜甫的自立新題，詩中聚焦現實，關注民生困苦，甚至以史入詩，其"民吾同胞，物吾與也"的儒士之懷、仁者之心讓他在體會到自己苦難之時便不由自主地將目光轉向天下蒼生，自家茅屋為秋風所破，他立馬聯想到"安得廣廈千萬間，大庇天下寒士俱歡顏，風雨不動安如山"，因而老杜的詩不僅能夠令同樣遭遇困頓的讀者有惺惺相惜的共通感，更能使人立刻為其柔軟而博大的胸襟折服。白居易的新樂府同樣是關注現實的佳作，與杜甫辭達而工的風格不同，白居易作樂府則力求輕淺詳盡，若得街頭閭巷老少婦孺皆為傳唱則是上佳。追溯杜、元、白等人樂府思想，則為"自風雅至於樂流，莫不諷興當時之事，以貽後代之人"②，以"樂流"進行"諷興"，則可追溯《詩大序》以風動之，以教化之的"興觀群怨"傳統，所謂"情發於聲，聲成文謂之音，治世之音安以樂，其政和；亂世之音怨以怒，其政乖；亡國之音哀以思，其民困。故正得失，動天地，感鬼神，莫近於詩。先王以是經夫婦，成孝敬，厚人倫，美教化，移風俗"③，以樂諷時，從而知世觀政乃是詩之傳統，上承風雅的老杜、元白也成為了宋代士大夫群體諷喻感懷詩作的範本。老杜之七言古詩《洗兵馬》被王安石尊為其壓卷之作，宋人鄭思肖、洪咨夔則都作《續洗兵馬》對其篇章進行摹仿；白居易、元稹等人被郭茂倩收入新樂府辭的詩作亦有被摹仿的現象。宋人樂府乃至詩歌中關注現

---

① （宋）陸遊：《宋都曹屢寄詩且督和答作此示之》，《劍南詩稿校注》，錢仲聯校注，中華書局1985 第八冊，第4276 頁。
② （唐）元稹：《元稹集》卷二三，中華書局1982 年版，第254 頁。
③ （宋）朱熹集撰：《詩集傳》，中華書局，2017 年版，第14 頁。

實,體察民生的懷抱便直接繼承自杜甫及元白。

尤其值得注意的是,宋人往往將張籍樂府置於諸家之冠,擬作唐人樂府多效文昌;與張籍多有唱和,且與其並稱"張王"的王建雖也受到宋人關注,但並不似張籍風頭無兩。張籍在生前就以樂府詩受到讚譽,如白居易《讀張籍古樂府》稱讚他"張君何為者,業文三十春。尤工樂府詩,舉代少其倫。為詩意如何,六義互鋪陳。風雅比興外,未嘗著空文。讀君學仙詩,可諷放佚君。讀君董公詩,可誨貪暴臣。讀君商女詩,可感悍婦仁。讀君勤齊詩,可勸薄夫敦。上可裨教化,舒之濟萬民。下可理情性,卷之善一身。"①可見白居易所推重的,依然是張籍繼承風雅精神,以六義筆法美刺見事的古樂府作品。

張籍在唐代就已因樂府創作聞名一時,到了宋代,人們對於張籍樂府的推崇可謂有過之而無不及。《唐文粹》中樂府類對張籍樂府題的收錄僅次於李白,共十六首,且五首為張籍之新題樂府;郭茂倩編《樂府詩集》,收錄張籍共四十八題,遜於李白而居唐人選篇第二,郭氏評價張王樂府:"張籍樂府甚古,如《永嘉行》尤高妙,唐人樂府,唯張籍、王建古質。"②劉克莊《方壼孫樂府》亦談到:"昔之名家,惟張籍、王建、李賀。"③

回到"擬作新題"一事而言,張籍為宋人所摹仿的新題即是最多,為十四題;甚至陸遊、楊冠卿等人在擬作時,特意在詩題後標注"效張籍""效唐人張籍"等字樣,可見宋人已經將張籍樂府作為值得學習的

---

① (唐)白居易:《白居易集》卷第一,諷喻一,1979年版,第2頁。
② 丁福保 輯:《歷代詩話續編》,中華書局,2006年版,第295頁。
③ (宋)劉克莊撰,辛更儒箋校:《劉克莊集箋校》卷一百,中華書局,2011年,第4212頁。

範本乃至於經典。

宋人具體的擬作情況請見表1。

表1　宋人擬新樂府情況統計表

唐新樂府題	唐原作者	詩歌數量	宋擬新樂府題	宋擬作者	詩歌數量	
公子行	劉希夷 陳羽 韓琮 顧況 於鵠 雍陶各一首 聶夷中 張祜各二首	10	公子行	孟賓於	1	
將軍行	劉希夷 張籍各一首	2	將軍行	司馬光 陸遊各一首	2	
老將行	王維一首	1	老將篇	張方平一首	1	2
			老將效唐人體	陸遊一首	1	
桃源行	王維 劉禹錫 各一首	2	桃源行	王安石 汪藻 李綱 胡宏 釋居簡 趙汝淳 姚勉 方回 王景月 王令 郭祥正各一首	11	16
			用桃源行韻/和桃源行	陳著二首 吳澄一首	3	
			桃源二客行	張方平一首	1	
			桃源歌	漆高泰一首	1	
青樓曲	王昌齡二首 於濆一首	3	青樓曲	鄒登龍一首	1	2
			哀青樓曲	劉仙倫一首	1	
塞上曲	李白 耿湋 司空曙 周樸 張祜各一首 王昌齡 戎昱 王涯各二首 僧貫休九首	20	塞上曲	田錫 郭昭著 黃庭堅 李龏 張至龍 王鎡 謝翱 張玉娘各一首 陸遊六首	14	
塞上	高適 王建 鮑溶 李端 曹松 鄭渥 姚合 張喬 秦韜玉 戴師顏 江爲各一首 譚用之 周樸 杜荀鶴各二首	17	塞上	楊徽之 田錫 柳開 王操 寇準 釋惠崇 釋宇昭 胡宿 餘靖 陶弼 陸遊 韋驤各一首 司馬光五首	17	
塞上行	歐陽詹 鮑溶 李昌符 周樸各一首	4	塞上北風行	李龏一首	1	

027

唐新樂府題	唐原作者	詩歌數量	宋擬新樂府題	宋擬作者	詩歌數量	
塞下曲	郭元振 張籍 於濆 陶翰 李賀 劉駕 丁稜 郎士元 許渾 周樸各一首 王昌齡 馬戴 李益 僧皎然 王涯 令狐楚 張祜各二首 張仲素五首 李白 盧綸 戎昱各六首 僧貫休十一首	58	塞下曲	田錫 嚴仁 李龏 楊公遠 周密 張玉娘各一首 文彥博 劉才邵 曹勳各二首 嚴羽六首	18	
塞下	李宣遠一首 沈彬三首	4	塞下	釋惠崇 吳泳 嚴羽各一首	3	4
			塞下行	柴望一首	1	
促促詞	王建 張籍各一首	2	促促詞	徐照 吳泳各一首	2	4
			促刺詞	徐集孫一首	1	
			促刺行	嚴羽一首	1	
促促曲	李益一首	1				
哀王孫	杜甫一首	1	哀王孫	梅堯臣一首	1	
采葛行	鮑溶一首	1	采葛行	吳泳一首	1	
朝元引	陳陶四首	4	朝元引貽趙抱一	張方平一首	1	
青青水中蒲	韓愈三首	3	效退之青青水中蒲	王令五首	5	8
			蒲（以"青青水中蒲"起句）	劉敞三首	3	
汾陰行	李嶠一首	1	汾陰曲	李新一首	1	
永嘉行	張籍一首	1	永嘉行	薛季宣一首	1	
田家行	王建 元稹各一首	2	田家行	劉敞 王庭珪 范成大各一首 趙蕃二首	5	7
			借田家樂府韻	程公許一首	1	
			田家語	梅堯臣一首	1	

第一章　宋人擬新樂府的整體風貌

唐新樂府題	唐原作者	詩歌數量	宋擬新樂府題	宋擬作者	詩歌數量	
思遠人	王建 張籍各一首	2	思遠人/思遠人四方	曹勛一首 釋文珦四首	5	
寄遠曲	王建 張籍各一首	2	寄遠曲	呂本中 楊冠卿 趙汝鐩各一首	3	7
			寄遠辭	羅願 羅與之各一首 徐寶之二首	4	
夫遠征	元稹一首	1	夫遠征	吳泳一首	1	
憶遠曲	無名氏 元稹各一首	2	憶遠曲	許琮一首	1	
征婦怨	張籍一首 孟郊四首	5	征婦怨	劉兼 周行己 張仲節 陸遊 釋善珍 趙崇嶓 釋文珦 周密各一首	8	9
			讀唐人樂府擬思婦怨	陸遊一首	1	
織錦曲	王建一首	1	織錦詞	許棐一首	1	
織錦詞	溫庭筠一首	1				
織婦詞	孟郊 元稹 鮑溶各一首	3	織婦怨	文同一首	3	
			織婦歎	戴復古 謝翱各一首		
擣衣曲	王建 劉禹錫各一首	2	擣衣曲	鄭會 熊禾 張玉娘 翟澥各一首	4	
寄衣曲	張籍一首	1	寄衣曲	張耒 許志仁 劉克莊 許棐 釋斯植各一首 艾性夫 宋無各二首 羅與之三首	12	
泰娘歌	劉禹錫一首	1	泰娘	宋無一首	1	
競渡曲	劉禹錫一首	1	競渡曲	周紫芝一首	1	
北邙行	王建 張籍各一首	1	北邙行	釋法泉一首	1	
野田行	李益 張碧各一首	2	野田行	梅堯臣一首	1	
節婦吟	張籍一首	1	節婦吟	蘇籀一首	1	
楚宮行	張籍一首	1	楚宮行	司馬光 陸遊各一首	2	
山頭鹿	張籍一首	1	山頭鹿	陸遊一首	1	

唐新樂府題	唐原作者	詩歌數量	宋擬新樂府題	宋擬作者	詩歌數量	
湘江曲	張籍一首	1	湘江曲	徐照一首	1	
夢上天	元稹一首	1	夢上天	李龏一首	1	
樓上曲	李商隱一首	1	樓上曲	陳襄 王令 薛季宣 張元幹各一首	4	
湖中曲	李商隱 李賀各一首	2	湖中曲	趙希樃一首	1	
白虎行	李賀一首	1	白虎行	周端臣一首	1	
水仙謠	溫庭筠一首	1	水仙謠為趙子固賦	周密一首	1	
雞鳴埭	溫庭筠一首	1	雞鳴埭	楊備 馬之純各一首	2	
惜春詞	溫庭筠一首	1	惜春詞	田錫 李季蕚各一首	2	3
			又和惜春謠	司馬光一首	1	
春愁曲	溫庭筠一首	1	春愁曲	陸遊一首		5
			反春愁曲	范成大一首		
			春愁曲次韻	戴表元一首		
			和春愁曲	戴表元一首		
			後春愁曲	陸遊一首		
八駿圖	元稹 白居易各一首	2	八駿圖	蕭立之 吳澄各一首	2	
李夫人	白居易一首	1	李夫人	徐照 劉克莊各一首	2	
隋堤柳	白居易一首	1	隋堤柳	曹勛 江鈺各一首	2	
秦吉了	白居易一首	1	秦吉了	林景熙一首	1	
獵騎辭	溫庭筠一首	1	獵騎	釋惠崇一首	1	
捕蝗	白居易一首	1	捕蝗	鄭獬一首		9
			答捕蝗詩	歐陽修一首		
			和捕蝗雜詠	彭汝礪一首		
			次韻捕蝗	陳造四首		
			王夢得捕蝗	章甫二首		
共計	51題	182首			188首	

如上表所示，唐人新樂府題為宋人擬作所取者共51題。在唐人中風靡一時的《塞上曲》《塞上》《塞下曲》《塞下》在宋人創制中也最受歡迎；王維取材自《桃花源記》的《桃源行》則尤其貼合宋人平淡悠遠的審美特質，因而引得北宋中期文人雅士競相唱和，有原題創制者，以及次韻和韻者，共計十六首；王建、元稹的《田家行》，在描寫田間風光的同時，揭露暴政苛稅，在宋代的擬作也達七首之多。閨怨類題材如《寄遠曲》《寄衣曲》《征婦怨》也在宋代頗行其時，分別有七首、九首以及十三首，但是為宋人選用最多的閨怨題材新樂府題作者均為張文昌。諷喻類題材則白居易《捕蝗》擬作者眾，共有九首，才名如歐陽修者亦有擬作。

以唐代諸作者為參照對象，則張籍共有十三題新樂府為宋人擬作，冠於諸家，有《將軍行》《塞下曲》《促促詞》《思遠人》《寄遠曲》《北邙行》《征婦怨》《寄衣曲》《永嘉行》《節婦吟》《楚宮行》《山頭鹿》《湘江曲》這十三題，其中後六首為其獨立創制新題樂府；王建則共有八題為宋人擬作，即《塞上》《促促詞》《田家行》《思遠人》《寄遠曲》《織錦曲》《搗衣曲》《北邙行》，其中四題為王建與張籍共同創制，王建獨立創制者僅《織錦曲》一題；白居易被擬作五題，即《八駿圖》《李夫人》《秦吉了》《隋堤柳》《捕蝗》，大體均為其獨創，《八駿圖》為元白唱和之題；元稹被擬作六題，《田家行》《夫遠征》《憶遠曲》《織婦詞》《夢上天》《八駿圖》，兩題為獨立創制；溫庭筠被擬作六題，《織錦詞》《水仙謠》《雞鳴埭》《惜春詞》《春愁曲》《獵騎辭》，雖然每題被擬作的數量均不多，但勝在全部為自己所獨創的新題。

第三節　宋代擬新樂府作者概況及時代流變

宋人對唐人樂府的擬作題目的選擇與其所處的時代有著十分密切的聯繫。從五代入宋的孟賓於，到由宋入元的遺民詩人，宋人的選材往往隨著社會背景的變遷而表現出明顯的變化。表 2 以時代次序排列宋代擬唐新題樂府作者，清晰地顯示了不同的社會身份及時代背景對宋人選題及創作的影響：

表 2　宋代擬新樂府作者相關情況及擬作篇目

宋代新樂府作者	生卒年	活躍時段	社會身份	擬作數量	擬作題目
孟賓於	904—991	後晉／南唐	遺民官員	1	公子行
楊徽之	921-1000	後周至宋真宗朝	官員	1	塞上
劉兼	不詳，開寶六年(973)，詔修《五代史》	宋太祖朝	官員	1	征婦怨
田錫	940-1004	宋太宗朝	官員	4	塞上曲 塞上 塞下曲 惜春詞
柳開	946-999	宋太宗朝	官員	1	塞上
王操	生卒年不詳	宋太宗朝	官員	1	塞上
釋惠崇	？-1017	宋太宗、真宗年間	僧人	3	塞上 塞下獵騎
楊備	不詳	約宋太宗、真宗朝	官員	1	雞鳴埭
釋宇昭	約西元 975 年前後在世	宋太宗朝	僧人	1	塞上
郭昭著	不詳（1005 年進士）	宋真宗朝	官員	1	塞上曲
寇准	961/962-1023	宋真宗朝	官員	1	塞上

第一章 宋人擬新樂府的整體風貌

宋代新樂府作者	生卒年	活躍時段	社會身份	擬作數量	擬作題目
胡宿	995-1076	宋仁宗、英宗朝	官員	1	塞上
梅堯臣	1002-1060	宋仁宗朝	官員	3	哀王孫 田家語 野田行
餘靖	1000-1064	宋仁宗、英宗朝	官員	1	塞上
文彥博	1006-1097	宋仁宗、英宗、神宗、哲宗朝	官員	2	塞下曲
歐陽修	1007-1072	宋仁宗、英宗、神宗朝	官員	1	答捕蝗詩
張方平	1007-1091	宋仁宗、英宗、神宗、哲宗朝	官員	3	老將篇 桃源二客行 朝元引
陶弼	1015—1078	宋仁宗、英宗、神宗朝	官員	1	塞上
陳襄	1017-1080	宋仁宗、英宗、神宗朝	官員	1	樓上曲
文同	1018-1079	宋仁宗、英宗、神宗朝	官員	1	織婦怨
司馬光	1019-1086	宋仁宗、英宗、神宗朝	官員	8	將軍行 塞上 楚宮行 又和 惜春謠
劉敞	1019-1068	宋仁宗、英宗朝	官員	4	蒲 田家行
王安石	1021-1086	宋仁宗、英宗、神宗朝	官員	1	桃源行
鄭獬	1022-1072	宋仁宗、英宗朝	官員	1	捕蝗
王令	1032-1059	宋仁宗朝	詩人	7	桃源行 青青水中蒲 樓上曲
韋驤	1033-1105	宋仁宗、英宗、神宗、哲宗朝	官員	1	塞上
郭祥正	1035-1113	宋仁宗、英宗、神宗、哲宗朝	官員	1	桃源行
彭汝礪	1040-1094	宋仁宗、英宗、神宗、哲宗朝	官員	1	和捕蝗雜詠
釋法泉	約西元1048年前後在世,卒於神宗熙寧年間	宋英宗、神宗朝左右	僧人	1	北邙行

宋代新樂府作者	生卒年	活躍時段	社會身份	擬作數量	擬作題目
李季蕚	生卒年不詳	約宋神宗朝	女詩人	1	惜春詞
黃庭堅	1045-1105	宋英宗、神宗、哲宗朝	官員	1	塞上曲
張耒	1054-1114	宋神宗、哲宗、徽宗朝	官員	1	寄衣曲
李新	1062-？	宋哲宗、徽宗、高宗朝	官員	1	汾陰曲
周行己	1067-1125	宋哲宗、徽宗朝	官員	1	征婦怨
汪藻	1079-1154	宋徽宗、高宗朝	官員	1	桃源行
王庭珪	1079-1171	宋徽宗、高宗、孝宗朝	官員、隱士	1	田家行
周紫芝	1082-1155	宋徽宗、高宗朝	官員	1	競渡曲
李綱	1083-1140	宋徽宗、高宗朝	官員（武將）	1	桃源行
呂本中	1084-1145	宋徽宗、高宗朝	官員	1	寄遠曲
劉才邵	1086-1158	宋徽宗、高宗朝	官員	2	塞下曲
蘇籀	1091-1164	宋徽宗、高宗、孝宗朝	官員	1	節婦吟
張元幹	1091-約1161	宋徽宗、高宗朝	官員	1	樓上曲
曹勳	1098-1174	宋徽宗、高宗、孝宗朝	官員	4	塞下曲 思遠人 隋堤柳
胡宏	1106-1162	宋徽宗、高宗朝	官員、理學家	1	桃源行
陸遊	1125-1210	宋高宗、孝宗、光宗、寧宗朝	官員	15	將軍行 老將效唐人體 塞上曲 塞上曲 征婦怨 擬思婦怨 楚宮行 山頭鹿 春愁曲 後春愁曲
范成大	1126-1193	宋高宗、孝宗、寧宗朝	官員	2	田家行 反春愁曲
章甫	約西元1185年前後在世	約宋孝宗淳熙年間	詩人而不仕	2	王夢得捕蝗

宋代新樂府作者	生卒年	活躍時段	社會身份	擬作數量	擬作題目
徐照	？-1211	宋孝宗、寧宗朝	布衣詩人	3	促促詞 湘江曲 李夫人
陳造	1133-1203	宋高宗、孝宗、光宗、寧宗朝	官員	4	次韻捕蝗
薛季宣	1134-1173	宋高宗、孝宗朝	官員	2	永嘉行 樓上曲
羅願	1136-1184	宋高宗、孝宗朝	官員	1	寄遠辭
楊冠卿	1139-？	宋高宗、孝宗朝	官員	1	寄遠曲
趙蕃	1143-1229	宋高宗、孝宗、光宗、寧宗朝	官員，後歸隱	2	田家行
馬之純	1144-？	宋孝宗、光宗、寧宗朝	官員	1	雞鳴埭
釋居簡	1164-1246	宋孝宗、光宗、寧宗、理宗朝	僧人	1	桃源行
戴復古	1167-約1248	宋孝宗、光宗、寧宗、理宗朝	詩人而不仕	1	織婦歎
鄒登龍	1172-1244	宋孝宗、光宗、寧宗、理宗朝	官員	1	青樓曲
趙汝鐩	1172-1246	宋孝宗、光宗、寧宗、理宗朝	官員（皇室）	1	寄遠曲
劉克莊	1187-1269	宋光宗、寧宗、理宗、度宗朝	官員	2	寄衣曲 李夫人
張仲節	生卒年不詳	約與劉克莊同期	官員	1	征婦怨
周端臣	生卒年不詳	宋光宗朝左右	官員	1	白虎行
嚴羽	約119-1245	宋寧宗、理宗、度宗朝	隱士、詩論家	8	塞下曲 塞下促刺行
程公許	？-1251	約宋寧宗朝	官員	1	借田家樂府韻
釋善珍	1194-1277	宋寧宗、理宗、度宗朝	僧人	1	征婦怨
趙崇嶓	1198-1256前	宋寧宗、理宗朝	官員	1	征婦怨
嚴仁	約西元1200年前後在世	宋寧宗、理宗朝左右	詩人而不仕	1	塞下曲

宋代新樂府作者	生卒年	活躍時段	社會身份	擬作數量	擬作題目
趙汝淳	1205 年進士	約宋寧宗、理宗朝	官員,皇室	1	桃源行
鄭會	1211 進士	約宋寧宗、理宗朝	官員	1	搗衣曲
李龏	不詳	宋理宗朝左右	詩人而不仕	4	塞上曲 塞上北風行 塞下曲 夢上天
許棐	約卒於 1249 年	宋理宗朝左右	隱士	2	織錦詞 寄衣曲
蕭立之	1203-？	宋理宗至宋亡	官員,遺民	1	八駿圖
釋文珦	1210-？	宋理宗、度宗至宋亡	僧人	5	思遠人 征婦怨
柴望	1212-1280	宋理宗、度宗朝	官員	1	塞下行
陳著	1214-1297	宋理宗至元初	官員,遺民	2	用桃源行韻
姚勉	1216-1262	宋理宗朝	官員	1	桃源行
吳泳	約西元 1224 年前後在世	約宋寧宗朝	官員	4	塞下 促促詞 采葛行 夫遠征
方回	1227-1305	宋理宗朝至元初	官員、詩論家	1	桃源行
楊公遠	1228- 不詳	約宋理宗至元初	畫家	1	塞下曲
周密	1232 年—1298 年或 1308 年	宋理宗朝至元初	官員,遺民	3	塞下曲 征婦怨 水仙謠
林景熙	1242-1310	宋理宗、度宗朝至元初	官員,遺民	1	秦吉了
戴表元	1244-1310	宋度宗朝至元初	官員,遺民	2	春愁曲次韻 和春愁曲
熊禾	1247-1312	宋度宗朝至元初	官員,遺民	1	搗衣曲
張至龍	1255 年前後在世	約宋理宗朝	詩人而不仕	1	塞上曲

宋代新樂府作者	生卒年	活躍時段	社會身份	擬作數量	擬作題目
徐集孫	生卒年不詳	約宋理宗朝	詩人	1	促刺詞
徐寶之	生卒年不詳	約宋理宗朝	不詳	2	寄遠辭
江鈇	生卒年不詳	約宋理宗朝	詩人而不仕	1	隋堤柳
趙希楷	生卒年不詳	約宋理宗朝	詩人,皇室	1	湖中曲
羅與之	生卒年不詳	約宋理宗朝	詩人而不仕	4	寄遠辭 寄衣曲
謝翱	1249-1295	宋理宗至元初	抗元軍,遺民	2	塞上曲 織婦歎
吳澄	1249-1333	宋理宗至元初	元代官員	2	和桃源行 八駿圖
張玉娘	1250-1277	宋理宗、度宗朝	女詩人	3	塞上曲 塞下曲 搗衣曲
漆高泰	咸淳三年(1267)進士	宋度宗朝左右	官員	1	桃源歌
宋無	1260-1340	宋度宗至宋亡	宋遺民	3	寄衣曲 泰娘
許琮	1286-1345	宋末	高麗王朝大臣、駙馬	1	憶遠曲
王鎡	生卒年不詳	宋末	宋遺民、道士	1	塞上曲
艾性夫	生卒年不詳	宋末元初	講學家、詩人	2	寄衣曲
釋斯植	生卒年不詳	宋末元初	僧人	1	寄衣曲
許志仁	生卒年不詳	不詳	不詳	1	寄衣曲
王景月	生卒年不詳	不詳	詩人	1	桃源行
劉仙倫	生卒年不詳	不詳	詩人而不仕	1	哀青樓曲
翟澥	生卒年不詳	不詳	不詳	1	搗衣曲

一、時代流變與宋人選題

按時代流變來看，宋人擬唐新題樂府的選題偏好可分為宋初、北宋中期、靖康巨變、南渡之後以及宋代末期幾個階段，並且與宋代詩文審美趨向呈現出大體相和而時有不同的情狀。

五代時期各個藩鎮雄豪爭強稱霸，政權更迭頻繁，至宋太祖發動陳橋兵變，一統四方，從而海內生平。宋初文人大多經歷過諸雄紛爭之亂世，於是尤其偏好《塞上》《塞下》等清勁豪健之題。

北宋中期，梅歐王等人在詩歌創作中逐漸探索出了以"平淡"為主的宋調，此時宋人對唐人新題的選用比之宋初則顯得更為多元，但仍然追法平淡，多有以《桃源行》《田家行》等描寫田園風光的題目進行唱和之舉，表現出追陶崇陶的傾向。

靖康巨變發生，山河破碎，生靈塗炭，這一時期活躍的詩人目睹自己曾經的家園忍受著金人的鐵騎，他們歷經屈辱，寄希望於收拾舊山河，因此他們所擬作的多為邊塞題材，《塞上》《塞下》等新題創制又一次風靡；此外，《夫遠征》《寄衣曲》《征婦怨》等征夫思婦題材也多有擬作，詩人以戍邊戰士以及守於閨房的等待丈夫的女子表達對戰爭的不滿，詩中主人公的綿綿情思則寄託著詩人的無限同情。

南渡之後，南宋詩人以張籍樂府"有古質"，因多有追隨，張籍《寄遠曲》《織婦歎》《寄衣曲》《促促行》都有被南宋詩人擬寫的跡象。這一時期，還有多篇模擬白居易、元稹新樂府的詩作，如《隋堤柳》《八駿圖》《隋堤柳》等篇。

宋末元初，人們對於唐人新樂府題目的選取呈現出較為混雜的狀態，但仍然以對張籍、王建、元稹、白居易等人的新樂府擬作為主。

二、宋擬新作者身份分析

据表 2 所示，宋代擬新樂府作者大多身居廟堂，所統計的 101 位詩人中共有 65 位曾居於官位，官拜宰相者，有寇准、王安石、司馬光三人；司馬光擬新樂府共八首，置諸所統計的全部詩人當中，其擬作數量居於第二，次於陸遊；司馬光作《塞上》五首，一首為六言四句之古體，四首為五言八句之律體，筆者以為其古體更佳，"胡兵欲下陰山，寒烽遠過蕭關。將軍貴輕士卒，幾人回首生還"①，有清剛慷慨之氣；主持熙寧變法的王安石所作《桃源行》亦是上佳之作，清人王士禛評云："唐宋以來，作《桃源行》最佳者，王摩詰、韓退之、王介甫三篇。"② 摩詰詩有自在尋仙之意，退之反摩詰之意，而介甫以"先世避秦時亂"歸復陶旨，夾敘夾議，"重華一去寧復得，天下紛紛經幾秦"③，感乎天下紛爭，黎民遭難，詩有新意，更有儒心。

其他擬作者如歐陽修、黃庭堅、張耒、周紫芝、呂本中、陸遊、范成大、周密等人，均有才名。其中陸遊是宋人之中擬作數量最眾者，且選題多元，有邊塞題如《塞上曲》《塞上》《將軍行》《老將效唐人體》；有閨怨題如《征婦怨》《擬思婦怨》；亦有諷喻題如《山頭鹿》《楚宮行》，更有樂府倚曲如《春愁曲》《後春愁曲》，最為放翁所取者為文昌，其諷喻兩題均為文昌獨制新題。周紫芝曾評張耒樂府"本朝第一"，文潛極喜文昌樂府，並刻意模仿，他唯一一首擬新作品《寄衣曲》即是張籍

---

① （宋）司馬光 著，李之亮 箋注：《司馬溫公集編年箋注》，巴蜀書社，2009 年版，第 43 頁。
② （清）王士禛 撰，靳斯仁 點校：《池北偶談》卷十四，中華書局，1982 年版，第 322 頁。
③ （宋）王安石 撰，劉成國點校：《王安石文集》卷第四，中華書局，2021 年版，第 61-62 頁。

新題，二人詩歌體式、情節、意象、言語都有相似之處，足見文潛深得文昌意爾。

為趙宋皇族之宗室者，趙汝鐩、趙汝淳二人。趙汝鐩、趙汝淳均為宋太宗八世孫，前者曾狀元及第，後者為寧宗朝進士，均有才氣。趙汝鐩擬張籍、王建之《寄遠曲》，言閨怨思遠，其辭纏綿綺麗；趙汝淳擬《桃源行》，追摩詰之意，其"龍翔鹿走自興亡，不到花開花落處"句最為動人，有問津仙境，不問世事之意。

更值得關注的是，這些擬作者中還有六名僧人，即釋惠崇、釋宇昭、釋法泉、釋居簡、釋善珍、釋文珦。北宋中葉之後，士大夫對禪學、禪宗都表現出極為濃厚的興趣，學者高慎濤指出："文士精通禪學，釋子吟詠詩歌，因此文士叩見詩僧、詩僧謁見文士成為宋代一大風景。"[①]但令人詫異的是，這些僧人所擬作的題材多為閨怨之類，筆者推定這些應該是與文人士大夫結交應酬所作。

擬新樂府作者中還有兩位女性，即李季萼和張玉娘，李季萼所擬作為溫庭筠的《惜春詞》，借花朵枯榮感慨韶華易逝；"宋代四大女詞人"之一張玉娘則擬《塞上曲》《塞下曲》等邊塞題材樂府，詩中不僅描寫豪健肅殺的沙場，更將邊塞與閨中緊密結合，以女子細膩的筆致描寫了閨中人的綿綿情思，頗為可讀。

---

① 高慎濤：《北宋僧詩研究》，陝西師範大學 2007 年博士論文。

第二章　宋代擬新樂府的創作方式

第一節　宋前樂府詩創作方法

由漢到唐，樂府系統以及樂府歌詩的創作方式都經歷了系列變化。樂府詩可謂有漢"一代之文學"，其作者高至帝王低至平民，皆而有之。兩漢樂府擇日常事務進行刻畫，並形成了"感於哀樂，緣事而發"的創作傳統，樂府歌詩題目又有其曲調和本事，"擬調法"則自然而然地成為了樂府歌詩十分流行的創制方式；建安時期，以三曹為中心的文學集團則開啟了文人樂府的傳統，以樂府古題抒發各人情志，同時，子建自創新題，樂府之詩樂分離，則肇自此時；晉宋之時，樂府歌詩最尚全篇模擬，除了辭藻趨向駢儷，題材、主題乃至體制則都擬舊章，是以為"擬篇法"；迨至齊梁，則又以"賦題"盛於一時，雖不必嚴格依照樂府本事，但需依照體面，鋪陳其事；唐人樂府創制則可謂彬彬之盛，諸法並取，且出現了李白、杜甫、張籍、白居易等諸多樂府大家，此時更出現了"即事名篇，無復依傍"的新題創作，細究其源則此法承自子建，但又被元稹、白居易等人賦予了因事立題，美刺比興的時代內涵，下面將諸法分別敘述：

一、兩漢樂府："感於哀樂，緣事而發"

1976 年 2 月，秦樂府鐘出土於秦始皇帝陵園西側內外城垣間的飤官遺址,可知早在秦時,樂府機構便被設立。漢承秦制,班固《兩都賦序》:"至於武宣之世,乃崇禮官,考文章,内設金馬石渠之署,外興樂府協律之事,以興廢繼絕,潤色鴻業。是以衆庶悅豫,福應尤盛,《白麟》《赤雁》《芝房》《寶鼎》之歌,薦於郊廟。"[①]自武帝到成帝,一百多年間,上至帝王下至平民,樂府活動都十分流行。兩漢樂府最爲後人所稱道乃是民間樂府歌詩,其藝術精神是"感於哀樂,緣事而發",作者的創作熱情大多來源於現實生活中發生的事件,其行文方式也是根據現實事件進行敘述,其敘述手法之成熟也意味著我國古代敘事詩體到達了的新階段。兩漢樂府並不刻意追求情節的完整性,而是截取生活中的片段並著重刻畫,這種敘事方式更方便作者抒發自己的情感傾向,或者說明想要傳達的道理,因而這一時期的樂府歌詩是在用敘事的方式來表達本質上的抒情,經典如《上山采蘼蕪》,安排被棄的婦女與前夫的相遇,二人自然而然地發生了對話,字裏行間表達了對棄婦的同情以及對負心人的斥責。

二、建安正始:文人樂府傳統的形成以及詩樂分離的源頭

建安三曹,皆善樂府,而尤好清商。郭茂倩《樂府詩集·清商曲辭》題解曰:

> 清商樂,一曰清樂。清樂者,九代之遺聲。其始即相和三調是也,並漢魏已來舊曲。其辭皆古調及魏三祖所作。自晉朝播遷,其音分散,苻堅滅涼得之,傳於前後二秦。及宋武定關中,因而入南不復存於內地……故王僧虔論三調歌曰:

[①] (清)嚴可均校輯:《全上古三代秦漢六朝文·全後漢文》,第24卷,中華書局,1958年版,第62頁。

第二章 宋代擬新樂府的創作方式

"今之清商,實由銅雀。魏氏三祖,風流可懷……"[①]

清商曲長於抒情,每至於寄託感懷,則可用之。兩漢樂府所選敘事視角多為第三人稱,旨在客觀繼續生活中發生片段,作者本人則寓意於具體情境,留予傳閱者體味情思,很少直接表達觀點及態度。三曹則直接開啟了文人歌詩以樂府言情述志的傳統,曹操《秋胡行》言:"坐磐石之上,彈五弦之琴,作為清角韻。意中迷煩,歌以言志。晨上散關山。有何三老公,卒來在我傍,有何三老公,卒來在我傍"[②];曹丕《燕歌行》謂"援琴鳴弦發清商,短歌微吟不能長"[③];清商曲隸屬俗樂系統,流行與民間市井,並非登堂入室之曲,但比之雅樂,其不為郊廟辟雍等"國事"所用的特性則為文人墨客展開了抒發己志的空間,因而曹氏謂其"歌以言志""短歌微吟",曹魏對清商曲的喜愛以及創作挖掘出了樂府"歌以詠志"的新風尚,這一點在曹公依古題寫時事的創作中尤為突出。

樂府曲調產生都有其具體情境,樂府詩的創制更有其故事由來及文本由來,樂府詩題目的創制更有其依據。樂府題所謂本事者,即背景故事,擬寫之作大多不能偏離其本事,這一點與詞牌、曲牌有很大不同。南齊永明年間,沈約等人作鼓吹曲辭,雖樂調一致,然本事不同,因特意注明"賦鼓吹題名"幾字。又如《薤露》、《蒿里》二曲,據崔豹《古今注》所載:

《薤露》、《蒿里》,並喪歌也。出田橫門人。橫自殺,門人傷之,為之悲歌。言人命如薤上之露,易晞滅也。亦謂人死魂魄歸乎蒿里,故有二章,一章曰:"薤上朝露何易晞,

---

[①] (宋)郭茂倩 編:《樂府詩集》,中華書局,1979年版,第638頁。
[②] (三國)曹操 著:《曹操集》,中華書局,2013年版,第7頁。
[③] (三國魏)曹丕 著:《魏文帝詩注》,中華書局,2008年版,第263頁。

露晞明朝還復滋，人死一去何時歸。"其二曰："蒿里誰家地？聚斂魂魄無賢愚，鬼伯一何相催促，人命不得少踟躕。"至孝武時，李延年乃分為二曲。《薤露》送王公貴人，《蒿里》送士大夫庶人。使挽柩者歌之，世呼為挽歌。①

田橫門人因感慨田橫自殺之事，以薤上之露易晞滅比喻人生命之脆弱，又蒿里為魂魄所歸之處，以此感慨生命有太多無可奈何的悲哀。此二曲之製題不可謂不精巧。後世以此為題作曲，皆為挽歌，如魏武帝曹操擬作的《薤露行》《蒿里行》，乃是借古題寫時事的佳品：

> 惟漢廿二世，所任誠不良。沐猴而冠帶，知小而謀強。猶豫不敢斷，因狩執君王。白虹為貫日，己亦先受殃。賊臣持國柄，殺主滅宇京。蕩覆帝基業，宗廟以燔喪。播越西遷移，號泣而且行。瞻彼洛城郭，微子為哀傷。《薤露行》②

> 關東有義士，興兵討群凶。初期會盟津，乃心在咸陽。軍合力不齊，躊躇而雁行。勢利使人爭，嗣還自相戕。淮南弟稱號，刻璽於北方。鎧甲生蟣蝨，萬姓以死亡。白骨露於野，千里無雞鳴。生民百遺一，念之斷人腸。《蒿里行》③

此二作並收《樂府詩集》之"相和歌辭"，描繪了董卓之亂的前因後果，《薤露行》批判董卓妄圖國權焚毀洛陽，挾帝西遷，最終百姓受災；《蒿里行》更是聲討各路軍閥以討伐董卓為由擁兵自重，爭奪權力，自相殘殺，最終又給百姓帶來了深重災難。曹操以喪歌古調寫時事，哀歎國家喪亂，百姓受殃，亦是緣《薤露》《蒿里》之本事而作，並未脫離悲悼

---

① 《古今注》卷中，《漢魏六朝筆記小說大觀》，第238頁。
② 余冠英：《三曹詩選》，人民文學出版社，1997年版，第4頁。
③ 余冠英：《三曹詩選》，人民文學出版社，1997年版，第5頁。

之意,然其勝在寄託古題,歌詠情志;但此二詩雖依舊描寫客觀現實,但不在拘泥於生活中的某一片段或是場景,而是從更為宏大的視角概述天下紛爭,歌詩最後則表達了自己的"斷腸""哀傷"。如果說《蒿里行》《薤露行》依然對兩漢樂府"緣事而發"的傳統有所繼承,那麼《短歌行》則是純粹的表述情志之作,化用《詩經·鹿鳴》之句,以及"山不厭高,海不厭深;周公吐哺,天下歸心"①抒發了渴盼天下一統的志向以及求賢若渴的態度。

"骨氣奇高,辭采華茂"的曹植所作樂府歌詩或可謂詩樂分離的源頭。郭茂倩《樂府詩集》引《歌錄》曰:

<blockquote>
《名都》《美女》《白馬》,並《齊瑟行》也。曹植《名都篇》曰:"名都多妖女。"《美女篇》曰:"美女妖且閑。"《白馬篇》曰:"白馬飾金羈。"皆以首句名篇,猶《豔歌羅敷行》有《日出東南隅篇》,《豫章行》有《鴛鴦篇》是也。②
</blockquote>

可知《白馬篇》《美女篇》《名都篇》等均為《齊瑟行》題下,不知《白馬》等為子建自創題目,亦或是後人以首句名篇?然後世皆以《白馬篇》《美女篇》等為題擬作。子建樂府可貴處在全篇興寄。以《美女篇》為例,全篇寫極力渲染佳人之美貌,顧盼生輝,娉婷嬝娜,愛慕者甚眾,堪稱"容華耀朝日,誰不希令顏"③,然而卻沒有媒人為其說項,致使佳人難嫁,詩尾以"媒氏何所營?玉帛不時安。佳人慕高義,求賢良獨難。眾人徒嗷嗷,安知彼所觀?盛年處房室,中夜起長歎"④隱喻自身的政治處境

---

① (三國)曹操 著:《曹操集》,中華書局,2013年版,第5頁。
② (宋)郭茂倩 編:《樂府詩集》,中華書局,1979年版,第911頁。
③ (三國魏)曹植 著:《曹植集校注》,中華書局,2016年版,第575頁。
④ (三國魏)曹植 著:《曹植集校注》,中華書局,2016年版,第575頁。

如居"房室",壯志難酬,唯有"長歎"。子建不為樂章制辭,辭章止為抒情而作,一變樂府辭之質樸古拙,而尚辭采華茂,或為樂府歌詩由樂流走向文學之肇始。

三、晉宋之際:擬篇法的盛行以及辭藻的駢儷化

"擬篇法"作樂府則流行於晉宋之際。錢志熙先生《齊梁擬樂府詩賦題法初探》一文指出:"與曹、陸等人差不多同時出現的一個擬樂府詩流派,則運用摹擬舊篇章的寫作方法,尤以傅玄為突出。這種模擬舊篇章的寫作方法,題材主題都沿襲舊篇章,唯在詞藻、文義上求工拙、求變化。"① 擬篇法十分注重樂府本事,從不脫離原旨作詩,並且在形制上也力圖與原篇相似。以《樂府詩集》中收入"雜曲歌辭"中的古辭《驅車上東門行》和陸機《駕言出北闕行》為對照:

> 驅車上東門,遙望郭北墓。白楊何蕭蕭,松柏夾廣路。下有陳死人,杳杳即長暮。潛寐黃泉下,千載永不寤。浩浩陰陽移,年命如朝露。人生忽如寄,壽無金石固。萬歲更相送,賢聖莫能度。服食求神仙,多為藥所誤。不如飲美酒,被服紈與素。②

> 駕言出北闕,躑躅遵山陵。長松何鬱鬱,丘墓互相承。念昔徂殁子,悠悠不可勝。安寢重冥廬,天壤莫能興。人生何所促,忽如朝露凝。辛苦百年間,戚戚如履冰。仁智亦何補,遷化有明征。求仙鮮克仙,太虛不可淩。良會罄美服,對酒

---

① 錢志熙:《齊梁擬樂府詩賦題法初探》,《北京大學學報》(哲學社會科學版),1995年第4期。
② (宋)郭茂倩編:《樂府詩集》,中華書局,1979年版,第889頁。

宴同聲。①

陸機對古辭可以說是全然擬作。從語言上看，兩詩所用辭彙似乎有意對仗，且用疊字處大致相同，如"上東門"對應"出北闕"，"白楊何蕭蕭"對應"長松何鬱鬱"，"杳杳"對應"悠悠"；從詩歌的內涵以及起承轉合來看，都是些寫乘車到了陵墓附近，並在夾岸看到了樹木，地下埋藏的都是再也無法醒來的人，此番情景忽然聯想到人生一世、草木一秋，人世間最難以把握的就是光陰，長生不老只能是美好的希冀，而求仙問道也十分不可靠，還不如珍惜當下，詩酒年華，縱意今生。總而言之，陸機之《駕言出北闕行》與古辭《驅車上東門行》相比，體制、思想內容都極為相似，但陸氏詩歌辭藻更為繁複，不復原詩之通俗古拙。從感動人心的角度而言，仍是古辭勝出許多，陸辭雖與原旨不差分毫，但是失於"蓋踵其事而增華，變其本而加厲"，因有"隔"意，反而不如平實暢達之妙。

四、齊梁之際：賦題法的產生以及題目意識的強化

齊梁賦題法的產生以沈約等人創制新樂為契機，沈約、謝朓等人制樂之餘，以雅興賦寫漢鐃歌舊曲，因有"賦題"之法。錢志熙先生曾對"賦題法"產生背景及具體內涵作出解釋：

> 齊梁擬樂府詩的"擬賦古題法"就是在樂府詩面臨發展中的困境時出現的。它採用專就古題曲名的題面之意來賦寫的作法，拋棄了舊篇章及舊的題材和主題……我們首先要明白'賦題'的特定含義，它是由嚴格地由題面著筆，按照題面所提示的內容傾向運思行文，題面往往與本辭的意思並不

---

① （宋）郭茂倩編：《樂府詩集》，中華書局，1979年版，第889頁。

相關。①

以漢鐃歌《巫山高》為例：

> 古辭云：巫山高，高以大；淮水深，難以逝。我欲東歸，害梁不為？我集無高曳，水何梁湯湯回回。臨水遠望，泣下沾衣。遠道之人心思歸，謂之何！②

> 南北朝王融作《巫山高》：仿佛巫山高，薄暮陽臺曲。煙霞乍舒卷，猿鳥時斷續。彼美如可期，寤言紛在矚。憮然坐相思，秋風下庭綠。③

《樂府解題》曰："古詞言，江淮水深，元梁可度，臨水遠望，思歸而已。若齊王融'想像巫山高'，梁范雲'巫山高不極'。雜以陽臺神女之事，無復遠望思歸之意也。"④《巫山高》本辭抒發遠望思歸之意，此為其本事，然王融等人作《巫山高》，則不復於古意。王氏所作《巫山高》，述巫山之美景，乃至思求神女之意，全無思歸望遠之旨；觀其體裁，則為五言八句，古辭則為三言、四言、五言乃至七言所雜。至於辭章，則古辭質樸，直抒胸臆，而王詞流麗婉轉，頗有對仗，如"煙霞乍舒卷，猿鳥時斷續。彼美如可期，寤言紛在矚"⑤，可見辭工之美的成熟。永明期間，沈約、謝朓、王融等人考究宮商，揣度聲律，並逐漸將詩歌體裁、句式定型為五言八句或五言四句，他們作詩講求駢偶、對仗、用典，形成了清新流麗的詩風，是為"永明體"。賦題法的產生與

---

① 錢志熙《齊梁擬樂府詩賦題法初探》，《北京大學學報》（哲學社會科學版），1995 年第 4 期。
② （宋）郭茂倩 編：《樂府詩集》，中華書局，1979 年版，第 228 頁。
③ （宋）郭茂倩 編：《樂府詩集》，中華書局，1979 年版，第 238 頁。
④ （宋）郭茂倩 編：《樂府詩集》，中華書局，1979 年版，第 238 頁。
⑤ （宋）郭茂倩 編：《樂府詩集》，中華書局，1979 年版，第 238 頁。

永明聲律論息息相關，且在當時的背景下無疑是具有創新性的，這種創作方式也對唐人樂府創作乃至近體詩的發展產生了深遠影響。

五、唐人樂府：諸法並取的擬古樂府與即事名篇的新樂府

唐代是樂府詩創作的興盛期。傳統的樂府創作方法在這一時期被發展到了極致，同時唐人也熱衷自創新題，中唐元和時期，由元稹、白居易正式提出了"新樂府"的概念。下文將分別論述：

胡適《白話文學史》這樣概述唐人樂府："第一步是詩人仿作樂府。第二步是詩人沿用樂府古題而自作新辭，但不拘原意，也不拘原聲調。第三步是詩人用古樂府民歌的精神來創作新樂府。"[1] 按此，則第一步為"擬篇法"，第二步為"賦題法"，第三步則為"新樂府"。

首先是"擬篇法"，可以太白為例。李白作為樂府大家，其創作思想和創作方式都極為複雜，無法以單純某法概述其樂府創作，但我們仍然可以試圖把握李白樂府創作的核心，那就是"復古"。李白身上具有十分強烈的使命感，即"將復古道，非我而誰與"[2]，他的《古風》中也提及"大雅久不作，吾衰竟誰陳？王風委蔓草，戰國多荊榛"[3]，李白以其超凡而空前的才華大力創作古樂府，並以此方式實踐這自己上溯風雅，追慕詩騷的理想。李白創制古樂府，其核心思想在於儘量復刻古辭原意，比如樂府古辭《戰城南》，原詩十分明確地表達厭戰思想以及對戍邊將士的同情，然而在晉宋齊梁的擬作中，其題旨逐漸被改成將軍

---

[1] 胡適：《白話文學史》，安徽教育出版社，1999 年版，第 205 頁。
[2] （唐）李白著，（清）王琦 注：《李太白全集》卷之二，中華書局，1977 年版，第 89 頁。
[3] （唐）李白著，（清）王琦 注：《李太白全集》卷之二，中華書局，1977 年版，第 87 頁。

立功,鼓舞士氣。李白擬作《戰城南》則言:"野戰格鬥死,敗馬號鳴向天悲。烏鳶啄人腸,銜飛上掛枯樹枝。士卒塗草莽,將軍空爾為。乃知兵者是兇器,聖人不得已而用之"①,不僅表達厭戰,追復古意,同時也多次呼應樂府古辭的意象。李白典型的擬篇之作則可舉《陌上桑》例:

日出東南隅,照我秦氏樓。秦氏有好女,自名為羅敷。羅敷喜蠶桑,采桑城南隅。青絲為籠系,桂枝為籠鉤。頭上倭墮髻,耳中明月珠。緗綺為下裙,紫綺為上襦。行者見羅敷,下擔捋髭須。少年見羅敷,脫帽著帩頭。耕者忘其犁,鋤者忘其鋤。來歸相怨怒,但坐觀羅敷。使君從南來,五馬立踟躕。使君遣吏往,問是誰家姝?"秦氏有好女,自名為羅敷。""羅敷年幾何?""二十尚不足,十五頗有餘"。使君謝羅敷:"寧可共載不?"羅敷前致辭:"使君一何愚!使君自有婦,羅敷自有夫!"②

古辭《陌上桑》

美女渭橋東,春還事蠶作。五馬如飛龍,青絲結金絡。不知誰家子,調笑來相謔。妾本秦羅敷,玉顏豔名都。綠條映素手,采桑向城隅。使君且不顧,況復論秋胡。寒螿愛碧草,鳴鳳棲青梧。托心自有處,但怪傍人愚。徒令白日暮,一高駕空踟躕。③

李白《陌上桑》

太白之《陌上桑》所敘事件,行文結構都與古辭並無二致,詩中出現的

---

① (宋)郭茂倩 編:《樂府詩集》,中華書局,1979年版,第228頁。
② (宋)郭茂倩 編:《樂府詩集》,中華書局,1979年版,第410頁。
③ (宋)郭茂倩 編:《樂府詩集》,中華書局,1979年版,第413頁。

人物,發生的情節也和原辭並無不同,但是詩歌最後則有所昇華,表達了自身"非練實不食,非醴泉不飲"的寄託,因而李白的擬篇並非是機械地全篇摹仿,而是基於自身感發的復古,因而是擬古與變新的結合。

再談唐人賦題。唐人以賦題為樂府不可勝舉。吳兢《樂府古題要解·序》也對此現象做出過評述:

> 樂府之興,肇於漢魏。歷代文士,篇詠實繁。或不睹於本章,便斷題取義。贈夫利涉,則述《公無度河》;慶彼載誕,乃引《烏生八九子》;賦雉斑者,但美繡錦臆;歌天馬者,唯敘驕馳亂蹋。類皆若茲,不可勝載。遞相祖習,積用為常,欲令後生,何以取正?餘頃因涉閱傳記,用諸家文集,每有所得,輒疏記之。歲月積深,以成卷軸,向編次之,目為《古題要解》云爾。[1]

吳氏所謂"不睹於本章,便斷題取義"可謂抓住了賦題法的精髓。以《有所思》為例,古辭所言乃女主人公敢愛敢恨,敢於不顧一切地付出,也勇於和負心人決裂,而唐人孟郊所作《有所思》,"桔棒烽火晝不滅,客路迢迢信難越。古鎮刀攢萬片霜,寒江浪起千堆雪。此時西去定如何,空使南心遠淒切"[2],全然不復古意,但與題目也十分吻合,是為"斷章取義"之賦題。

最後是唐人自創新題之樂府詩。上文我們已經提及,明確提出"新樂府"這一概念的是元稹、白居易,但是為元、白所追者,乃是少陵。杜甫自命新題,然而他創作樂府詩所秉持的理念仍然是復古,但與李白不同的是,老杜所追復的乃是兩漢樂府"感於哀樂,緣事而發"的精神。

---

[1] (唐)吳兢《樂府古題要解·序》,丁福保輯《歷代詩話續編》,中華書局1983年版,第24頁。

[2] (宋)郭茂倩 編:《樂府詩集》卷第十六,中華書局,1979年版,第255頁。

杜甫樂府詩也是由其所歷所感為底本進行創作，比之兩漢樂府，杜詩之深度、廣度則又更上層樓。漢樂府在進行抒寫時，往往截取生活片段，並且將人物對白以及心理描寫融入其中，這一點深為老杜所取，他的《石壕吏》《兵車行》都是這種由點入面的寫法，從小的切口反映波瀾壯闊的社會畫面，則讓杜詩在感人之餘更添"震撼"。同時，杜甫改變了兩漢樂府從單一時間線進行敘事的手法，繼而以多維的時間線構建出更為立體的家國以及社會，以新樂府對時事進行評述，展現了其偉大的胸襟以及"民胞物與"的情懷。老杜"即事名篇，無復依傍"的樂府創作則直接對元稹、白居易有所啟發，從而使"新樂府運動"在中唐盛行一時。

第二節　宋人擬樂府的兩大系統：擬古與擬新

迨至宋朝，樂府詩的音樂載體身份已經全然被曲子詞所取代，樂府本身則因曲調亡佚等種種原因而成為徒詩，但這並不影響宋人樂府創作的熱情，這一時期，宋人同樣以極強的理性精神對前人樂府學進行了理論總結，並且對前代樂府詩的優劣以及創作方法的得失進行了總結評述。總而言之，宋人在樂府詩的創作方法上並無新的進展，大體而言仍然分為擬作和自製新題兩類，而其擬作範圍則不僅僅止於漢魏古辭，更將唐人新題納入其中；宋人自命新題的樂府詩則直接繼承了唐人新樂府的"即事名篇"以及現實主義精神。其中，擬古和自命新題這兩種創作方式已經被唐人翰墨揮灑備至，對唐人新題樂府的擬作則是宋人較為獨特的新樂府創制方式。

一、宋人擬古樂府

宋人對待古樂府應如何創作亦有論爭，總體而言，這些論爭則是圍繞是否應當嚴格遵照樂府詩歌本事進行創作，在宋代雖然也有大批創作者以"斷章取義"的賦題法進行樂府古題的創作，但是宋人樂論、詩論當中仍然有許多針對"賦題法"的批評，依筆者之見，這些爭論的實質乃是"樂本位""辭本位"乃至"義本位"三種觀點的交鋒。如鄭樵《通志·樂略·第一》言："今樂府之行於世者，章句雖存，聲樂無用。崔豹之徒，以義說名，吳兢之徒，以事解目，蓋聲失則義起，其與齊魯韓毛之言詩，無以異也。"[①]鄭樵通於樂理，他認為樂府歌詩的本事與其音樂屬性息息相關，如果拋棄音樂背景，只是從題目或者事義解釋樂府是不合適的，猶如漢人之今文經學般不可靠。

然而，樂府古曲至宋代大多不存，擬調的創作方法便往往只存在於人們的理念之中；但除了"樂本位"派之外，追求古樂府本事的"義本位"也不在少數，尚義與尚樂兩派的內核都是"復古"，按今意措辭的尚辭派就成了兩派共同抨擊的對象。追復古樂和追復古義的理念也時有融合，如唐庚："古樂府命題皆有主意，後之人用樂府為題者，直當代其人而措辭。如《公無渡河》須作妻止其夫之辭，太白輩或失之，惟退之《琴操》得體。"[②]

再如周紫芝《古今諸家樂府序》中說：

> 魏晉宋歷唐而其作益多，後人之作，其不與古樂府題意相協者十八九，此蓋不可得而考者，餘不復論。獨恨其歷世既久，事失本真，至其弊也，則變為淫言，流為衰語，大抵

---

① （宋）鄭樵 撰，王樹民 點校：《通志二十略》，中華書局 1995 年版，第 49 卷，第 884 頁。
② （宋）強幼安述《唐子西文錄》，見(清)何文煥輯《歷代詩話》，中華書局 1981 年版，第 443 頁。

以豔麗之詞更相祖述，至使父子兄弟不可同席而聞，無復有補於世教。①

周紫芝認為，後人所作樂府詩，有許多並不符合樂府本義，樂府歌辭失去本真，變為"淫言""衰語"之類，則著實令人惋惜。但周紫芝自身的樂府古題創作也並未完全摒棄"賦題法"，梁澤紅《周紫芝樂府詩研究》中統計了周氏擬古樂府的創作情況，其中 21 題 22 首採用擬篇法，3 題 8 首採用賦題法②，可見周紫芝對樂府古題"本真"的堅持；周氏以"賦題法"所作擬古樂府亦有新意，如《上之回》：

  古辭：上之回，所中益，夏將至，行將北，以承甘泉宮。寒暑德，遊石關，望諸國，月氏臣，匈奴服。令從百官疾馳驅，千秋萬歲樂無極。③

  周紫芝：漢宮三十六，復道高崔嵬。皇情極遊豫，警蹕北之回。蒼螭挾龍輈，風伯清路埃。羽衛森夏擊，玉輿久徘徊。青娥絕望幸，故宮秋葉催。舉頭望霄漢，白露零玉階。④

古辭言大漢國力強盛，四海臣服，千秋萬歲功業無儔；而周紫芝擬作則代宮娥言絕望，抒發宮怨之意，與本事並不相關。

  雖然以賦題法擬古在宋人樂府理論中遭受了諸多批評，但這種方法在宋人創作的具體實踐當中依然十分流行，運用頗多，由於時代相隔甚遠，宋人有時難以考證樂府本曲以及本事，以題面為眼展開賦寫或為不

---

① (宋) 周紫芝《太倉稊米集》，《文淵閣四庫全書》本，上海古籍出版社，第 1141 冊，第 51 卷，第 360 頁。
② 梁澤紅：《周紫芝樂府詩研究》，廣西師範大學 2022 年碩士學位論文。
③ (宋) 郭茂倩 編：《乐府詩集》卷第十六，中華書局，1979 年版，第 227 頁。
④ 傅璇琮 等編：《全宋詩》卷一四九六，冊 26，北京大學出版社，1995 年版，第 17085 頁。

得已的選擇，應當客觀理性看待。

二、宋人擬新樂府

歷朝歷代的文學都是在充分汲取前代文學營養的基礎上發展起來的，因而宋人選用唐人新樂府作為題目則應是自然而然發生的現象。但宋人對新樂府的擬作方式亦不出於擬篇、賦題之法，新樂府"未常被於聲"，且大多曲調無存，故並不存在擬調之說；但也有特殊的擬作，如自命新題，但是詩題下標注其所用韻乃是某篇唐人新樂府之韻，在筆者看來，這種隔著朝代與時間的遙相和作同樣也是某種意義上的擬作，其本質上與擬篇、賦題之法無異，都是通過與前人詩篇的某種相似性表達對原作者的追步與思慕。下面將選取張籍、王建、白居易、元稹、溫庭筠等最為宋人推崇者所被擬作之新樂府進行論述：

（一）張籍獨作新題的擬作情況

表3　張籍獨作新題擬作一覽

張籍原題	原辭主旨	宋擬作題目	擬作者	新辭主旨	創作方法
節婦吟	一女難以二嫁，良士難侍二主	節婦吟	蘇籀	先渲染女子美貌，後表達節婦難二嫁	擬篇法
永嘉行	反對戰爭，戰爭給人民帶來巨大悲苦	永嘉行	薛季宣	反對戰爭帶來的民間疾苦，同時表達對漢民族王朝的衷心	擬篇法
楚宮行	渲染楚宮之富麗以及新婚情景	楚宮行	陸遊	諷刺楚王只顧玩樂，不顧秦軍兵臨	賦題法
			司馬光	諷刺統治者沉迷享樂，不顧敵軍迫進	賦題法
山頭鹿	官府徵收軍糧及稅務，農民難以生計	山頭鹿	陸遊	不滿與南宋投降政策，"不見王師出散關"的悲憤	賦題法
湘江曲	與友人送別時的依依不捨	湘江曲	徐照	以水喻心，對送別之人的不舍	擬篇法

張籍原題	原辭主旨	宋擬作題目	擬作者	新辭主旨	創作方法
寄衣曲	閨怨詩，思婦托人送衣表達對在外征戰的丈夫的思念	寄衣曲	張耒	織婦對征夫的思念	擬篇法
			許志仁	織婦對征夫的思念	擬篇法
			羅與之	思念丈夫，分離如同生離死別，但依然鼓勵丈夫好好戍邊	擬篇法
			劉克莊	給征戍的丈夫寄信寄衣	擬篇法
			許棐	害怕遠征的章法寒冷，但是鼓勵丈夫建功立業	擬篇法
			釋斯植	對征人的思念以及等待的絕望	擬篇法
			宋無	為征夫寄衣，淚痕流幹	擬篇法
			艾性夫	對遠征人的擔憂與思念	擬篇法

　　張籍新樂府為宋人所擬作者最多，由表3可知，張籍共有六首獨立創制的新題被宋人擬作，其中四題均承襲張籍原詩主旨進行擬作，是為"擬篇法"，擬作者共有11位詩人，15首詩。以"賦題法"進行擬作的則有《楚宮行》《山頭鹿》兩題，共2位作者，三首詩。

　　首先是繼承原題主旨，但篇章結構並不一定完全一致的"擬篇"。以《永嘉行》《湘江曲》為例，此二題在宋代均只有一人擬作，他們都直接繼承了張籍的立意，但同時加入了作者自身的寄託，如薛季宣作《永嘉行》並不僅僅表達反戰思想，並且表達了對中原王朝的忠誠以及希冀勝利的想法。薛季宣本身就是永嘉人，他生活在宋高宗、孝宗年間，也是永嘉學派創始人，該學派主張事功，即"經世致用，義利並舉"。《宋史·薛季宣傳》載：

　　　　薛季宣，字士龍，永嘉人。起居舍人徽言之子也。徽言卒時，季宣始六歲，伯父敷文閣待制弼收鞠之。從弼宦遊，及見渡江諸老，聞中興經理大略。喜從老校、退卒語，得岳、韓諸將兵間事甚悉。年十七，起從荊南帥辟書寫機宜文字，獲事袁溉……金兵之未至也，武昌令劉錡鎮鄂渚。季宣白錡，以武昌形勢直淮、蔡，而兵寡勢弱，宜早為備，錡不聽。及兵交，稍稍資季宣計畫。未幾，汪澈宣諭荊襄，而金兵趨江上，詔成閔還師入援。季宣又說澈以閔既得蔡，有破竹之勢，宜守便宜勿遣，而令其乘勝下潁昌，道陳、汝，趨汴都，金內顧且驚潰，可不戰而屈其兵矣。澈不聽……時江、淮仕者聞金兵且至，皆預遣其奴而系馬於庭以待。季宣獨留家，與民期曰："吾家即汝家，即有急，吾與汝偕死。"民亦自奮。[1]

薛氏早年喜從老兵退卒間詢問岳飛、韓世忠等人用兵之事。紹興三十年，他以父輩恩蔭任鄂州武昌知縣，此時金兵尚未南下，他已經在盡心盡力地思索防備金兵入侵的方法；金兵入侵，許多官員直接逃跑，只有薛季宣將家人安置在城內，表示願意與人們同生共死。薛季宣身上有著十分濃厚的家國情懷，他借張籍《永嘉行》一題進行擬作，不僅僅是反戰，更是表達對少數民族入侵者的鄙夷，對南宋王朝的"哀其不爭"，以及對國家強盛的希冀。

也有對張籍詩歌的思想、體裁乃至意象全然進行摹仿的情況，如張耒所作《寄衣曲》，其意象、遣詞造句等方面都十分貼近張籍原辭，這也是十分典型的擬篇之法。

最後是用"賦題法"對張籍原詩進行再創作的情況，宋人以賦題法擬新樂府，也是在特定的社會背景下抒發自身的感遇與情志。比如陸遊

---

[1]（元）脫脫 等撰：《宋史》卷四百三十四，中華書局，1985 年版，第 12883-12884 頁。

所擬作的《楚宮行》《山頭鹿》，則完全拋棄了張籍樂府的原本立意，並借原題諷刺南宋王朝偏愛一隅，只知道享樂，戰爭上完全"不作為"，採用投降政策，表達了自身的憤慨，滿腔愛國情懷噴薄而出。

（二）張籍、王建同題新樂府的擬作情況

表4　張籍、王建同題新樂府的擬作一覽

原題	張籍主旨	王建主旨	擬作題目	擬作者	新辭主旨	創作方法
促促詞	貧苦人家勞作一年生活依然困難，對苛捐雜稅的不滿	（促刺詞）表達了對窮苦婦人的同情	促促詞	徐照	通過東西兩家對比表達下層人民生活的艱難	擬篇法
			促促詞	吳泳	徵兵、徭役對人民生活帶來無限苦難	擬篇法
			促刺詞	徐集孫	苛捐雜稅對底層人民的剝削，織衣之人無衣可穿	擬篇法
			促刺行	嚴羽	不惑之年的男子飲酒之時對自身命運的感慨	賦題法
思遠人	妻子送別丈夫時的依依惜別與不捨之情	在家的女子對遠行在外的情人的思念	思遠人	曹勳	以騷體的語言作詩，表達女子對遠隔天涯夫君的思念	擬篇法
			思遠人四方	釋文珦	共四首，分別表述女子憂慮在北、南、東、西四方丈夫之安危)	擬篇法
寄遠曲	寫主人公對美人情深意長	寫主人公擔心美人變心，與張詩反向唱和	寄遠曲	呂本中	女子送別情人並且在閨中傷心流淚	賦題法
				趙汝鐩	女子思念遠征在外的情人，並感歎年華易逝	賦題法
				楊冠卿（寄遠曲用唐人張籍韻）	表達主人公和美人離別然而均情深義重	擬篇法

原題	張籍主旨	王建主旨	擬作題目	擬作者	新辭主旨	創作方法
寄遠曲	寫主人公對美人情深意長	寫主人公擔心美人變心，與張詩反向唱和	寄遠辭	羅願	友人送別，同時表達高尚情操，以騷體為詩	賦題法
				羅與之	女子對征人的思念，以及盼望戰爭勝利，中原太平	賦題法
				徐寶之	兩首均寫閨中女子對遠行人的思念	賦題法
北邙行	對人生命易逝的歎惋	諷刺富貴之人只知道享樂，但是不知道人終有一死	北邙行	釋法泉	對人類生死無常的感慨，生命易逝的嗟歎	擬篇法

　　張籍、王建二人多有以同題樂府進行唱和的情況，據表4可知，二人所作的同題新樂府有《促促詞》《思遠人》《寄遠曲》《北邙行》四題八首，且二人的唱和痕跡十分明顯。又因王建樂府在宋人心目中盛名不及張籍，且王氏獨立所制新題為宋人所擬作者只有一首，因此將張王唱和的新樂府並舉而述。

　　首先是《促促詞》，"促促"與"促刺"相同，都是言及辛苦貌。張、王二人《促促詞》的描寫對象並不相同，張言貧家丈夫勞作之辛苦，王則言嫁人但住在娘家的婦女之窮苦；宋人擬作"促促"或"促刺"之題大多與張意相類，以"擬篇法"作"促促"題的三人，徐照、吳泳、徐集孫均用張籍之立意，都是表達雜稅之下底層人民生活之辛勞；而以"賦題法"作《促刺行》的嚴羽，則著重描寫四十歲男兒頭髮花白，伶俜一人，但是在酒席上回憶起意氣風發的少年之時，不由得壯心與感慨交織，與張籍、王建二人的原旨均不相同。但是四首擬作的開頭均為"促促復促促"或者"促刺復促刺"，與原作一致，可見均為切合題目之作。

其次是《思遠人》，張籍王建二人所作《思遠人》雖然情境不同，但都表達了閨怨之情；宋人的擬作則完全未脫離原旨，都在寫家中的妻子對遠行在外的丈夫的思念之情。而《寄遠曲》的擬作則大多從題面出發，張籍、王建的《寄遠曲》似為反向唱和，一個表達對美人的情深義重，一個擔心別離之後美人變心，並無遊子思婦之意，除楊冠卿所作《寄遠曲》，不僅明確注明"用唐人張籍韻"，而且他的擬作的主旨也與張籍、王建別無二致。剩下的六首擬作則都表達遊子思婦的主題，與原旨並不吻合。

最後是《北邙行》，張籍與王建作此詩應也是唱和之作，都表達了對生死無常的感慨，宋代詩僧釋法泉也同樣表述者同樣的思致，但是從意象來看，法泉所作與張籍原作貼合度更高，應是張籍之作的擬篇。

（三）白居易新樂府的擬作情況

表 5　白居易新樂府的擬作情況一覽

白居易原題	原辭主旨	宋擬作題目	擬作者	新辭主旨	創作方法
李夫人	鑒嬖惑也。表明"不如不遇傾城色"	李夫人	徐照	寫武帝與李夫人的情深	擬篇法
			劉克莊	寫李夫人喪後武帝因思念求神	擬篇法
秦吉了	哀冤民也，諷刺言官不言，冤民之苦無處訴	秦吉了	林景熙	典故來自《邵氏見聞錄》，以秦吉了"寧死不離主"反諷李將軍"甘作單于鬼"	賦題法
隋堤柳	憫亡國也，寫江山易代，舊景仍在的感慨	隋堤柳	曹勳	言隋時河堤之繁華，唐滅隋後草木皆不知隋的感慨	擬篇法
			江鈜	"醉鄉繁盛忽塵埃"的感慨	擬篇法

第二章　宋代擬新樂府的創作方式

白居易原題	原辭主旨	宋擬作題目	擬作者	新辭主旨	創作方法
捕蝗	刺長吏也。蝗災氾濫，官吏用不合理的手段組織捕蝗結果使得民生更加疾苦	捕蝗	鄭獬	言蝗災之時，不合理的捕蝗政策使農人生活更加困苦	擬篇法
		答朱寀捕蝗詩	歐陽修	認為捕蝗之事雖然有其弊端，但為必要之舉，且應該儘早採取措施，防止事態加重	擬篇法
		和君玉捕蝗雜詠	彭汝礪	認為政策的制定應當順應天時	賦題法
		次韻楊宰捕蝗宿競岩四首	陳造	回想往年自己捕蝗之事，對今年蝗事減輕有輕鬆愉悅之感	賦題法
		王夢得捕蝗二首	章甫	描寫蝗災發生直到勝利戰勝蝗蟲的過程	賦題法
八駿圖（元稹亦作）	白居易詩旨在戒奇物、懲佚遊，描述穆王八駿之飄逸靈動，實則希望明君興國 元稹則言雖然駿馬威武靈動，但是沒有王良執轡、輪扁斫輪，再好的馬都無法乘坐	八駿圖	蕭立之	對"尤物移人籲可怕"的感慨	擬篇法
			吳澄	"逢時莫問才高下，只與論功孰少多"	賦題法

根據表5，白居易所作五十首新樂府中為宋人所擬有5題16首，擬篇與賦題二法皆有所取，樂天之新樂府重諷喻，且每題必"卒章顯志"，而宋人擬作中則並非全然諷喻，有些只是取白氏新樂府所用人物、意象等，或抒發完全相反之思想。如《李夫人》一題，白居易謂"鑒嬖惑也"，認為明君不應為美色所感，耽誤國事，而宋人的兩篇擬作雖也寫武帝、李夫人之情深，甚至求神仙、請方士的情節也與白氏一致，但是並沒有明顯的諷喻意味，或許只是論述愛情之不得已，但因情節、選材相類，筆者依然判定為擬篇法。

《隋堤柳》一題，則是十分符號化的典故，隋堤柳本身就是感慨人

061

事代謝、朝代更迭的典型意象。早在開元期間，王泠然即有《汴堤柳》："隋家天子憶揚州，厭坐深宮傍海遊……功成力盡人旋亡，代謝年移樹空有。"① 隋煬帝開鑿運河，在今人看來是溝通南北之利事，但是唐人作詩卻大多寫運河的開鑿是因為隋煬帝"思揚州"，及沉迷享樂，因而耗費大量人力物力開鑿運河，民怨載道，最終導致一代王朝湮沒與歷史的長河之中。白居易作《隋堤柳》依然是這般立意，借隋堤煙柳表達大興土木的苛政是動搖王朝根基的直接原因，但他的諷諫意味更強，詩尾直接顯志："後王何以鑒前王？請看隋堤亡國樹。"② 白居易之後，唐人翁承贊，五代江為都以此題賦詩，但立意主旨都不出於樂天。宋人曹勳、江鈅作隋堤柳，同樣也在感慨朝代盛衰，但是批判意味不如白居易濃烈，感傷之思更深，但其意象、立意都與樂天相似，因以為擬篇法。

《捕蝗》一題，白居易言"刺長吏"，但是他對於蝗災為何產生的解釋在今天看了其實是十分落後的，白氏將蝗災歸咎於兵災，因而不應該捕蝗，而是應該讓皇帝實行善政，彌補天命。白居易在詩中對以粟米兌換蝗蟲的政策嗤之以鼻，認為這並非根本之策，白氏在詩中同樣也表達了對受災人民的同情。宋人作《捕蝗》，有觀點與樂天一致者，如鄭獬，認為捕蝗政策難以再根本上解決問題，反而會加重勞動人民的辛苦；但也有對白氏思想進行批評者，如歐陽修，他作詩說對於捕蝗政務指指點點的人大多"不究其本論其皮"，並表達捕蝗應該儘早下手，防止蝗災的程度、範圍進一步加深，此二詩都與白詩立意相關，歐陽修雖為反義，亦可歸類為反樂府，此二人之作是為捕蝗。剩下幾首詩大都是基於自身捕蝗經歷，或者和詠之作，並非一定受感於白樂天之捕蝗，或借題

---

① （清）彭定求等：《全唐詩》（增訂本）卷115，中華書局，1999年版，第1174頁。
② （宋）郭茂倩 編：《樂府詩集》，中華書局，1979年版，第1386頁。

第二章 宋代擬新樂府的創作方式

以自詠，故以賦題法稱之。

"八駿"乃是周穆王的八匹駿馬，白居易、元稹都曾以《八駿圖》為題作新樂府，但兩人立意並不一致，白居易意在"戒奇物、懲佚遊"，而元稹則表示名馬需有良工執轡。宋人的兩首擬作則有繼承白意抒發"尤物惑主"的擬篇，也有直接賦題，抒發應當憑藉真本事行天下的思想。

（四）溫庭筠新樂府擬作情況

表6 溫庭筠新樂府的擬作情況一覽

溫庭筠原題	原辭主旨	宋擬作題目	擬作者	新辭主旨	創作方法
織錦詞	癡情的少婦為丈夫織錦，但是卻被拋棄	織錦詞	許棐	盼望丈夫歸家的女子織錦之時等到了丈夫馬兒的嘶鳴	擬篇法
水仙謠	幻想飄逸明淨的神仙世界以逃避烏糟西安市	水仙謠為趙子固賦	周密	以水仙比喻隱士高人，為其流落飄零歎惋	賦題法
雞鳴埭	借齊武帝耽於畋獵導致亡國的歷史諷刺晚唐皇帝不務正業	雞鳴埭	楊備	同樣以"雞鳴埭"的典故諷刺南朝齊武帝貪玩享樂	擬篇法
			馬之純	諷刺齊武帝沉迷田獵，耽誤國事	擬篇法
惜春詞	借青樓女子傷花之情表達對時光易逝的自傷之情	惜春詞	田錫	回憶去年春日天子鑾輿駕臨洛陽的盛況，表達對往昔的追憶	賦題法
			李季尊	以女性視角表達對花凋零的傷感，從而感慨自身韶華易逝	擬篇法
		又和惜春謠	司馬光	"劉伯壽坐中度曲命曰《惜春謠》。"宴會時表達對春光的眷戀	賦題法
春愁曲	當言空守閨房的女子之百無聊賴與寂寞	春愁曲	陸遊	表達惜春傷時乃是宇宙中十分普遍的情感	賦題法

063

溫庭筠原題	原辭主旨	宋擬作題目	擬作者	新辭主旨	創作方法
春愁曲	當言空守閨房的女子之百無聊賴與寂寞	陸務觀作春愁曲悲甚，作詩反之	范成大	認為陸遊不必有此閑愁，春愁乃是詩人閉門造愁，還是應該把握當下時光	賦題法
		春愁曲次劉正仲韻	戴表元	以桃花源之典故感慨世事滄桑，希望歸隱、田間作樂	賦題法
		正仲復有倒和春愁曲之作依次奉答	戴表元	大致心境與上首相同，嚮往隱逸	賦題法
		後春愁曲 並序	陸遊	陸遊在成都所作《春愁曲》頗為人所傳，作《後春愁曲》回憶當年時光，感慨自身老去	賦題法
獵騎辭	描寫獵騎的奢靡場面	獵騎辭	釋惠崇	僅有一句，獵騎場景	賦題法

　　晚唐詩人溫庭筠的新樂府被郭茂倩放置在《樂府詩集》"新樂府辭"的最後，並以"樂府倚曲"稱之。"倚曲"者，乃是"因聲以度詞"，與元稹、白居易等人制新辭而有待於配樂的新樂府有著很大區別。溫庭筠新樂府雖然也有借古鑒今之作，但更多的作品則仍然帶著濃厚的"花間"氣息，以描摹女子寂寞聊賴或者閨中思遠的題材為多。據表6，以溫庭筠被擬作的新樂府而言，則《織錦詞》《惜春詞》《春愁曲》都以閨中女子為切入點，或抒發百無聊賴，或言感傷於榮光憔悴，或是癡情而被拋棄的怨念之意；宋人對此類題目則多有發揮，但更多的是從題眼進行闡發，其主人公並不一定是女子。就《織錦詞》而言，溫詩中女子的結局是被拋棄，而宋人許棐所作則是女子在織錦與思念中等到了丈夫的歸來，是以擬篇法作反樂府；溫之《惜春詞》與《春愁曲》則和作眾多，筆者認為，這是由於傷春感時之情乃是古往今來、古今中外人類的

共通情感,"惜春""春愁"之題乃是友人和詩的絕佳題目,因此,對此類題目的擬作則只有女詩人李季蘭以擬篇法抒發了與溫詩較為一致的情思,其他詩作則大多抒發己意,與原旨關係不大。

溫庭筠也有借前朝故事發表諷諫之意的新樂府作品,如《雞鳴埭》,借南朝舊事斥責時弊,由於"雞鳴埭"也是十分著名的典故,因而宋人作此題者抒發的感慨基本不出於統治者耽溺享樂而誤國的諷興之意。

(五)作為宋人唱和題材的其他新樂府題

以樂府詩題進行唱和是我國古代十分普遍的現象。宋初之時,徐鉉、李昉、楊徽之好以閒適題材詩歌進行唱和,楊億編《西崑酬唱集》則又將宋人唱和之風推向高潮,加之宋人交遊以及雅集唱和活動都十分頻繁,因而唱和之作亦不可勝數。以唐人新題進行唱和只是他們的諸多選擇之一,《桃源行》《田家行》等描繪自然風光的題目則最為宋人所中意,如王令《桃源行送張頵仲舉歸武陵》,郭祥正《桃源行寄張兵部》,陳著《次韻弟觀用王介甫桃源行韻寫感為西湖行》及《再次前韻》,吳澄《和桃源行效何判縣鐘作》等。

宋人以新題樂府酬贈唱和,方式亦不過"次韻""依韻""用韻"等,詩中抒發的情致也大多千篇一律。詩人唱和的情境,多不過是宴飲娛樂,遊戲畋獵等場合,作詩不過應酬,因而也沒有太多值得推敲的感懷或者思想,唐人新題或在流傳過程中形成了本事,或題目本身即為典故,不需要"咸有新意",《桃源》《春愁》之類十分符合宋人平淡的審美傾向,大多毋需更多抒發,只需要熟悉典故便可以使詩人展現自身才華,因而筆者將用以酬唱的擬新樂府亦歸一類。

第三節　擬篇、賦題之合流及"共體千篇，殊名一意"之輪回

　　由漢至唐，樂府詩從"感於哀樂，緣事而發"淪為"沿襲古題，唱和重複"，唐代諸家清晰地認識到了這一問題，並以自身的創作實踐針砭此弊；至元和則新樂府大盛其時，"自命新題"也意味著對古題之陳陳相因的徹底反撥；而宋人作新題，亦有擬作之法，這導致了宋人擬新樂府再一次陷入"共體千篇，殊名一意"的困境當中。

一、唐諸家對"唱和重複"樂府詩之反撥

　　元稹大力宣導新樂府，乃是因為"沿襲古題，唱和重複，於文或有短長，於義咸為贅剩。尚不如寓意古題，刺美見事，猶有詩人引古以諷之義焉"①，言古題已經被後來的擬作者過分挖掘，唱和重複，讀起來只覺味同嚼蠟，百無聊賴。其實早在初唐，盧照鄰就已經指出了樂府創制的僵化現象：

> 其後鼓吹樂府，新聲起於鄴中；山水風雲，逸韻生於江左。言古興者，多以西漢為宗；議今文者，或用東朝為美。《落梅》、《芳樹》，共體千篇；《隴水》、《巫山》，殊名一意。亦猶負日於珍狐之下，沈螢於燭龍之前。辛勤逐影，更似悲狂，罕見鑿空，曾未先覺。潘、陸、顏、謝，蹈迷津而不歸；任、沈、江、劉，來亂轍而彌遠。其有發揮新題，孤飛百代之前；開鑿古人，獨步九流之上。自我作古，粵在茲乎！②

---

① 冀勤校點：《元稹集》，第 23 卷，中華書局，1982 年版，第 254 頁。
② 盧照鄰：《樂府雜詩序》，《盧照鄰集 楊炯集》，北京：中華書局，1980 年，第 74 頁。

其中"共體千篇"針對擬篇法;"殊名一意"針對賦題法。這兩種創作方法是擬古樂府最為常見的創作方法,雖然他們在一開始被創作者使用時無疑是創新的,"擬篇法"在樂府曲調亡佚之時,以主旨及辭章為本進行模擬,較好地保留了樂府歌詩的本事,使之頗承古意;而"賦題法"則是在齊梁詩體革新的背景下應運而生的,文學文本中的"文質之辯"乃是亘古不衰的話題,這一時期"文"之美被詩人大力發展,宮商、辭藻務必精緻,"賦題"的方法講求細緻摹物,剛好與這一時期文學"綺麗"的審美傾向相吻合。同時,齊梁樂府創作也講求"回忌聲病""約句准篇",樂府詩也完成了由古體至近體的邁進,雖然後世文學史對於齊梁樂府的評價大多不高,認為其視野狹窄,題材單調,但不可否認的是,這些詩作的確將"文"之美推向了一個高潮,也使得樂府古題在形式和內容上不再重複古意,煥發了新的生命。

而到了唐代,這兩種創作方式則都有著陳陳相因的弊病。其實就方法本身而言,並無好壞優劣之分,樂府詩歌之僵化根本原因還是"為文而造情",擬篇法從本事出發,難有新意;賦題法從題目出發,磋磨重複,這兩種方式本身就有"沿襲""模擬"之意,詩人據此進行創作其實無異於"戴著鐐銬跳舞",再有才力的詩人也難以寫出令人耳目一新的作品,正所謂"第一個把美女比作鮮花的是天才,第二個重複這一比喻的是庸才,第三個重複這一比喻的是蠢材",用心理學理論來解釋,這實際上是一種"審美疲勞",當刺激反復以同樣的方式、強度和頻率呈現的時候,反應就開始變弱,就是對於一種事物的反復欣賞所產生的一種厭倦心理[1],以擬篇法與賦題法作的樂府在唐人眼中即產生了"審美疲勞",因此理所當然地被職責"陳舊"。

---

[1] 牛婷:《審美疲勞的心理原因分析》,《大眾文藝》,2012 年第 11 期。

這裏需要再次提及李白樂府的復古。雖然李白的樂府思想是上追漢魏樂府本事，進行復古，但他有著與生俱來且無與倫比的天才筆力與奇思妙想，太白無疑是無可複製的，他的創作並不具備一般性。況且，李白追求的復古更多的是一種精神，因此擬調、擬篇乃至賦題諸法都在他的樂府詩作中有所體現，太白是以自己的天才筆力對諸法進行融合，務求"出奇"，因而他的樂府創作實際上是一種創新，這與蘇聯什克洛夫斯基所謂"陌生化"詩學其實異曲同工，在內容與形式上打破常規，從而化腐朽為神奇：

> 正是為了恢復對生活的體驗，感覺到事物的存在，為了使石頭成其為石頭，才存在所謂的藝術。藝術的目的是為了把事物提供為一種可觀可見之物，而不是可認可知之物。藝術的手法是將事物"奇異化"的手法，是把形式艱深化，從而增加感受的難度和時間的手法，因為在藝術中感受過程本身就是目的，應該使之延長。藝術是對事物的製作進行體驗的一種方式，而已製成之物在藝術中並不重要。[①]

李白以其天才之力，藉"復古"以"創新"，而杜甫的"即事名篇"則是以另一種方式針對樂府詩體進行創新。與李白不同，杜甫雖然自創新題，但他所作樂府的內核則是兩漢時期的"感於哀樂，緣事而發"，因而杜甫的樂府精神實質上是復古的。兩人作樂府的方式不同，但同樣都在通過自己的創作來探索，樂府詩的本質究竟是什麼，是追溯本事抒發情志，還是根據現實有所感懷？其實直到今天，我們也無法給出明確的答案，兩種創作精神其實都已經被歷史的長河打磨成了某種傳統，執意分辨"正統"實在是不現實的，但追求本源的精神以及二位詩人的傾力

---

① （俄）什克洛夫斯基：《散文理論》，百花洲文藝出版社，1994年版，第10頁。

創作則都為那個燦爛的年代留下了美麗的風景,也為後人提供了無盡的精神養料。

按郭茂倩的《樂府詩集》,其實早在初唐之時,謝偃、長孫無忌、劉希夷以及郭元振等人就有新樂府創作,且已經有了"即事名篇,無復依傍"的意味,這些新題創作題材內容或為頌聖、宴饗之章,或受到胡樂、軍樂等影響,但是鮮有切中時弊之思。又據學者張煜考證,"大多數翰林學士都有創作朝廷樂章歌辭包括樂府歌辭的記載,他們往往與新樂府詩的創制有著直接密切的聯繫,理解這一點對於全面理解翰林學士與新樂府辭的創作關係,具有重要意義……至遲唐代中葉以後,翰林學士撰進樂章歌辭已經成為一個普遍現象"①,可見朝堂的需要也是文士創制新題的動力之一,但這一類型的新樂府依然並非出自自身迸發的情感,是"有所求而為",非"不得已而為",與漢樂府"緣事而發"的宗旨也是相背離的。

盛唐之時,杜甫、元結也創作了多首新題。元結主張"上感於上,下化於下"②,其《二風詩論》序云:"客有問元子曰:'子著《二風詩》何也?'曰:'吾欲極帝王理亂之道,系古人規諷之流。'"③可見,元結和杜甫的新樂府理念其實同樣繼承了儒家傳統美刺之說。元結也更為明確地提出詩歌要服務於社會,反映現實,並且"達下情""示官吏",他的《補樂歌十首序》中也談到:

---

① 張煜:《新樂府辭研究》,2005年首都師範大學博士學位論文。
② (唐)元結:《系樂府十二首序》,(清)彭定求 等編:《全唐詩》卷二百四十,中華書局,1960年版,第2696頁。
③ (唐)元結:《二風詩論》,(清)董誥 等編:《全唐文》卷三百八十二,中華書局,1983年版,第3877頁。

> 嗚呼！樂歌自太古始，百世之後，盡無古音。嗚呼！樂歌自太古始，百世之後，盡無古辭。今國家追復純古，列祠往帝……故探其名義以補之。誠不足以全化金石，反正宮羽，而或存之，猶乙乙冥冥有純古之聲，豈幾乎司樂君子道和焉爾。①

元結的現實主義和功利主義思想直接影響到了白居易，"文章合為時而作，歌詩合為事而作"②，正是對元結思想的繼承。中唐新樂府代表人物元稹、白居易對元結、杜甫自創新題法的追隨其實也是在針對當時樂府創作已然僵化的現象，創作方法的僵化也勢必會帶來內容的陳舊，毫無思想深度，與現實生活分離過遠，難以引起共鳴等等弊病，因此，他們提倡"作新題"不僅是創作方法的改革，更為核心的其實是樂府思想內容的革新，也是對樂府詩"共體千篇，殊名一意"，"於文或有短長，於義咸為贅剩"狀況的反撥。

二、宋人擬新中擬篇、賦題二法合流

到了宋代，詩人們其實也十分熱衷於新樂府創作，由於唐人已經為宋人開創了自命新題的先路，因此宋人的新題樂府自然而然地就可以有兩種創作方式，一種方式即本文重點探討的直接擬作唐人新題的樂府詩，另一種即自命新題進行創作的樂府詩。後者其實在宋人新樂府創作實踐中更受歡迎，但需注意，宋代其實是樂府詩全面徒詩化的時代，也是樂府內涵不斷擴大的時代，這兩點則直接引發宋人的自創新題的樂府詩要麼難以與古詩分別，要麼直接成為了"自度曲"，將新樂府區別於古詩

---

① （唐）元結：《補樂歌十首序》，（清）彭定求 等編：《全唐詩》卷二百四十，中華書局，1960年版，第2693頁。
② 朱金城：《白居易集箋校》，第45卷，上海古籍出版社，1988年版，第2789頁。

或者曲子詞就成了較為棘手的問題。至於擬作唐人新題的樂府詩,雖然也可稱之為"新樂府辭",但從創制方式上來說,擬作便不會脫離於"擬篇法"或者"賦題法",而這兩種方式其實是"新樂府運動"所反撥的對象,因而"擬作新題"本身就是一個具有矛盾性的行為,既然是新題,怎麼又要擬作呢?

其實這一問題可以以"文學的經典化"來解答。一代之文學,如果它的出現本身就具備無與倫比的價值,則它在後世勢必會經歷"經典化"的歷程。宋代人將唐人新題進行擬作,未必已經將其視為經典,但絕對有追慕、效仿之意。擬作古題和擬作新題實際雖都為"擬",但是由於時間相隔不同,解釋距離不同,因而也有很大差別。樂府古題的擬作,很多情況下需要考究本事,因為古題樂府出現的時期,題目製作並不成熟,因而古題很多具有模糊性,對詩歌內容並非完全準確的概括,它或許只是詩歌中某個反復出現的嗟歎詞,又或許是詩歌首句出現的辭彙,漢鐃歌十八首基本上都是這樣簡單直接的制題方式,比如《有所思》古辭:

> 有所思,乃在大海南。何用問遺君,雙珠玳瑁簪。用玉紹繚之。聞君有他心,拉雜摧燒之。摧燒之,當風揚其灰!從今以往,勿復相思,相思與君絕!雞鳴狗吠,兄嫂當知之。妃呼狶!秋風肅肅晨風颸,東方須臾高知之![1]

古辭言對負心郎的唾棄,然而此詩只是將首句"有所思"作為題目,"思"的主人公,"思"的對象都未言明,因此是十分具有模糊性的題目,後人擬作此題,有時會自然而然地指向遊子思婦等,這是因為題目的不明確性導致的。

到了唐代,制題實際上已經十分成熟,清人陳僅《竹林答問》曰:

---

[1] (宋) 郭茂倩 編:《樂府詩集》,中華書局,1979年版,第230頁。

"試觀唐人詩題，有極簡者，有極委曲繁重者，熟思之皆有意味，置之後人集中，可以一望而知。"[①]嚴羽在《滄浪詩話·詩評》中亦說："唐人命題，言語亦自不同。雜古人之集而觀之，不必見詩，望其題引而知其為唐人今人矣。"[②]觀唐人新樂府，尤其是杜甫、張籍、元稹、白居易等對宋人習詩產生過較大影響的新樂府作家，他們的詩歌制題實際上是十分精煉老道的，甚至以"題序"補充題目之所不能概括。唐人的樂府新題實際上已經不再有古題所指模糊的問題，比如張籍的《寄衣曲》其實就是言"寄衣"，溫庭筠的《春愁曲》所言亦不離"春愁"。至於白居易，他所選用的新題有些實際上已經是人們耳熟能詳的典故了，比如隋堤之煙柳，穆天子之"八駿"等等，因此考證本事對於新題樂府來說其實是沒有太大必要的。唐宋兩代相去不遠，宋人理解唐人詩題、詩作實際上並不存在多少"解釋距離"，相反，他們總是能夠十分確切地理解唐人原意。以上兩點，則使宋人對唐代新題的擬作現象產生的新的討論點，即賦題法和擬篇法的區別以及界限問題。

上文已經探討，擬篇與賦題二法，最根本的區別就是前者追尋本事，後者切合題目，而在唐人新樂府制題已經十分成熟的情況下，這些被擬作對象的題目便已經完整地概括了主旨，因而觀宋人之擬新，則鮮有脫離"本事"的現象，所謂原詩亦或擬作無疑都是切題的。筆者認為，判別宋代人擬新究竟用的是什麼方法，需要更加仔細地考究其摹仿痕跡，若宋人有自注"效某某作"或"用某某韻"，則無疑擬篇；比如王令《效退之青青水中蒲五首》，陸遊《老將效唐人體》《征婦怨效唐人作》《讀

[①]（清）陳僅：《竹林答問》，王士禛 等：《詩問四種》周維德，箋注．齊魯書社，1985年版。

[②]郭紹虞：《滄浪詩話校釋》，人民文學出版社，1983年版。

唐人樂府戲擬思婦怨》，釋善珍《征婦怨效張籍》，楊冠卿《寄遠曲用唐人張籍韻》，程公許《為玉汝賦蓴湖借田家樂府韻》，這些都是十分明確的擬篇法，這裏將"用某某樂府韻"也歸結到"擬篇法"，是因為它的題目根本與原題無關，根本談不上賦題，取唐人新樂府韻可算作另一種形式的唱和古人，有摹仿跡象，因而作為擬篇法。

除了明確注明"效仿"的，更重要的判斷方法還是比對擬作與原作內容之間的關聯性。比如張籍、王建都曾作《促促詞》，"促促"本就指辛苦勞累，張、王以及宋代擬作者都以"促促復促促"或者"促刺復促刺"起句，本來是十分明顯的擬篇，但再看內容，張籍、王建一個表達對貧家人的悲憫，一個表達對留家女的同情，宋代徐照、吳泳、徐集孫三人擬作頗不離張意，而嚴羽則描寫男子對自己人生的感慨，內容上與張籍、王建二人都相去較遠，因而是賦題法。再比如溫庭筠的《惜春詞》，其主人公乃是青樓女子，因韶華易逝而自傷自艾，宋代人司馬光、田錫等人以《惜春詞》為題，主人公卻不離自身，因以為賦題法；而李季萼自身即為女子，所抒發的情感亦不出溫意，故為擬篇。

三、宋擬新樂府的僵化

最後一個問題，是"擬寫新題"一事，雖然擬作對象與"擬寫古題"頗不一致，看上去是十分新鮮的樂府創作方法，但是，這種方式的實質依舊在於"擬"，正如我們上文所說，如果只滿足於學習吸收前人的瑰寶，一味地擬作，便會再一次陷入窠臼，陳陳相因。宋人的擬新樂府也不例外，唱和重複之後也讀起來毫無新意，令人厭倦。元結、元稹、白居易等人以新樂府反撥"共體千篇，殊名一意"的擬古樂府，但當他們大力發揚的新題樂府也被後人擬作時，便也同樣陷入了這個困境當中，比如在宋人心中"樂府第一"的張籍，他的《寄遠曲》《寄衣曲》《寄遠人》《征婦怨》等題都被宋代人大量擬寫，但是觀其題旨，不過都是抒發遊子思婦的切切情思，讀多了亦覺無趣。筆者當年第一次讀到陳陶《隴西行》中"可憐無定河邊骨，猶是春閨夢裏人"一句，覺得感動之極，回味無窮之中更是感歎作者巧思。而現在，這句詩由於太過經典，在網路環境中亦被濫用，現在再讀便沒有了初次讀到的震撼之感。可見，宋人擬作的新題樂府兜兜轉轉又成為元、白等人所反對的"唱和重複"之作，或許亦不必惋惜，只是文學文體乃至萬事萬物的發展規律罷了，比如魏晉南北朝時期盛行一時的文筆之辯，"有韻者文也，無韻者筆也"[①]，對聲韻的追求自然使得文學向"美"的方向發展，因此初經提出，對文學的發展必然起到了正向推動的作用，然而，對"文"的趣之若鶩，則對表達思想造成了障礙，也導致了"質"的消弭，背離了"文不害質"的精神。韓愈、柳宗元也是在這種背景下推行古文運動，使得文筆之辯落下帷幕。迨至宋初，"文以載道"的思想在宋初石介、柳開等人的手裏又走向另一種極端，即險怪艱澀，後經歐陽修、王安石、三蘇等人的發展才又走回了文質彬彬的軌道。如果把新樂府、擬新樂府等放置回整個樂府詩的發展軌道，其實也類似於"文"的演變歷程，擬新樂府陷入"唱和重複"，或也是一種宿命。

　　需要指出，本文觀點並不全然地反對"樂府擬作"的方式。我們認為，優秀的擬作作品應當是基於當下情感的，比如唐人陳子昂、四傑乃至李白的復古思想都是為了切除時弊，他們托古興懷，直抒己意，於是就有感動人心的力量。與古人唱和，乃是以古人為知己，人類當下的心境總是可以在漫漫歷史長河中找到相似境遇的人，與古人對話也是排解心靈

---

① (南朝) 劉勰 著，陸侃如 牟世金 譯注：《文心雕龍譯注》，齊魯書社，2009年版，第551頁。

的絕佳途徑，因而無論是擬古樂府還是擬新樂府，當與原作者感知相通，且筆力不差時，便會有好作品產生；若將樂府題目托於唱和，應酬，毫無抒發，則是毫無價值的詩作，說到底，這依然是"為文而造情"和"為情而造文"的高下之分。

第四節　兼談宋人自創新題的樂府詩

宋人新樂府並非只有擬作的創制方式，宋代自擬新題所作樂府詩的數量其實要比前者多得多，且詩歌的思想價值也要比單純擬寫高得多。對於宋人自命新題樂府之判定，當不離郭茂倩"新樂府辭"題解，即宋人之新歌，且辭實樂府；如王禹偁《畬田詞》序云"作《畬田詞》五首，以侑其氣。亦欲采詩官聞之，傳於執政者，苟擇良二千石暨賢百里，使化天下之民如斯民之義，庶乎汙萊盡辟矣"[1]，其意在獻詩於廟堂，且為新題，故為新樂府；又如王庭珪《寅陂行》序："冀有采之者"[2]，亦為新樂府。自擬新題者，其實真正繼承了元稹、白居易所提倡的"文章合為時而作，歌詩合為事而作"的現實主義精神。試看王炎之《冬雪行》：

擁衾展轉夜不眠，細數更籌知苦寒。角聲未動紙窗白，兒曹報我雪滿簷。玉妃剪水出天巧，飛花萬點爭清妍。朱門貴人對之笑，初見一白來豐年。金罍玉爵雜蔬筍，飲罷敲冰煮新茗。縣官要糴十萬斛，天上符移星火速。去年秋旱糶陳腐，今年秋熟米如玉。且願扶桑枝上紅，日轂東來卻滕六。今年

---

[1]（清）吳之振 等選，（清）管庭芬（清）蔣光煦 補：《宋詩鈔》，《宋詩鈔初集》，《小畜集鈔》，中華書局，1986年版，第41頁。
[2] 郭麗，吳相洲 編：《樂府續集》，宋代卷肆，上海古籍出版社，2020年版，第2229頁。

冬雪民已朣，明年春雪民更饑。九關有路虎豹守，欲語不敢空長籲。①

詩序云："甲寅歲，雖小稔，縣官和糴，米價遂增。兩日雨雪，市中貧民有無炊煙者，艱糴反甚於去年之凶歉。父老輩遂具公牘赴訴於庭，因成《冬雪行》一篇，其辭如古樂府，其義則主文譎諫，言之可以無罪者也。"②詩人有感於縣官不合理的買米政策，有感而發，自言其辭如樂府，其旨與白樂天同，故為新樂府無誤。詩歌先寫詩人自己感知寒涼入夜，窗紙染白，家裏的小孩子告知自己下了大雪；又言因下大雪，世界變得冰瑩剔透，朱門之人見雪喜，以為豐年將至，於是食蔬飲茗，頗有雅趣；此時話鋒一轉，縣官大量和糴，"和糴"本為備荒賑災之策，然而農民本就無所收穫，強制收米只會讓他們饑寒交迫；上一年因為乾旱米賣不出去而陳腐，今年米價和玉一樣貴，言不合理的農政讓人民受盡磨難；農人盼望日神扶桑常駐，然而冬雪春雪綿綿不絕，使民朣復饑，空有長歎。此時類乎樂天之《捕蝗》，言"是時粟斗錢三百，蝗蟲之價與粟同。捕蝗捕蝗竟何利，徒使饑人重勞費"③以刺長吏，言語亦通曉暢達，稱得上是諷喻之佳作。

再以南渡、中興時期的新題樂府為例。這一時期的詩人經歷著山河破碎的悲愴，胡馬鐵騎的肆意凌虐帶來的不僅是生靈塗炭、萬家失所，更帶來了人們心靈上的屈辱與悲憤。文人墨客力追老杜，以詩為史，記

---

① （清）吳之振 等選，（清）管庭芬 （清）蔣光煦 補：《宋詩鈔》，《宋詩鈔初集》，《雙溪詩鈔》，中華書局，1986 年版，第 1393 頁。
② （清）吳之振 等選，（清）管庭芬 （清）蔣光煦 補：《宋詩鈔》，《宋詩鈔初集》，《雙溪詩鈔》，中華書局，1986 年版，第 1393 頁。
③ 傅璇琮 等編：《全宋詩》卷二九八，冊 6，北京大學出版社，1995 年版，第 3749-3750 頁

錄著這場漢民族的災難浩劫，如胡處晦作《上元行》：

> 上元愁雲在九重，哀笳落日吹腥風。六龍駐驛在草莽，孽胡歌舞蒲萄宮。抽釵脫釧到編戶，竭澤枯魚充實賂。聖主憂民民更憂，驕子媅天天不怒。向來艱難傳大寶，父老談言似仁廟。元年二月城下盟，未睹名臣繼嘉佑。哀痛今年塵再蒙，冠劍夾道趨辭公。神龍今在九淵臥，安得屢困蛇蛇中。朝廷中興無柱石，薄物細故昭帝力。毛遂不得處囊中，遠慚趙氏廝養卒。今日君王歸不得，傾城回首歌悲啼。會有山呼間動地，萬家香霧燒天衣。胡兒胡兒莫耽樂，君不見夕月常虧東北角。①

此詩作於靖康二年，徽欽二帝被虜，《靖康紀聞》載："士夫憂憤，作為詩歌者甚眾，獨著作郎胡處晦《上元行》，人多膾炙"②，可見此詩被廣為傳唱，故筆者以為新樂府。詩中"六龍駐驛在草莽，孽胡歌舞蒲萄宮"言大宋皇帝受辱，而金人則歌舞昇平，對比之下極言痛心。胡人猖獗欺人，搜刮大宋百姓民脂民膏，宋欽宗即位以來，雖業精於勤，仁孝治國，受到百姓愛戴，但是宋王朝積貧積弱的局勢卻使得金人侵犯之勢無力回天。宋徽宗、宋欽宗被俘，百姓"與有恥焉"，又因愛戴皇帝"傾城回首歌悲啼"，"萬家香霧燒天衣"。詩歌結尾作讖語，"夕月常虧東北角"表達對金兵之憤恨，希望天行其道，大宋王朝能夠戰勝金兵。胡處晦精於用典，並以時事入詩，將歷史較為細節地記錄下來，與正史可作補充，亦有老杜之風。

此外，宋人自製的新題中也有廣為唱和之作，如蘇東坡的《薄薄酒》：

---

① 傅璇琮 等編：《全宋詩》卷一八四六，冊 32，北京大學出版社，1995 年版，第 20573 頁。

② （宋）丁特起 撰：《靖康紀聞》，大象出版社，2019 年版。

> 膠西先生趙明叔，家貧，好飲，不擇酒而醉。常云：薄薄酒，勝茶湯，醜醜婦，勝空房。其言雖俚，而近乎達，故推而廣之以補東州之樂府；既又以為未也，復自和一篇，聊以發覽者之一噱云耳。①

> 薄薄酒，勝茶湯；粗粗布，勝無裳；醜妻惡妾勝空房。五更待漏靴滿霜，不如三伏日高睡足北窗涼。珠襦玉柙萬人相送歸北邙，不如懸鶉百結獨坐負朝陽。生前富貴，死後文章，百年瞬息萬世忙。夷齊盜蹠俱亡羊，不如眼前一醉是非憂樂都兩忘。②

> 薄薄酒，飲兩鐘；粗粗布，著兩重；美惡雖異醉暖同，醜妻惡妾壽乃公。隱居求志義之從，本不計較東華塵土北窗風。百年雖長要有終，富死未必輸生窮。但恐珠玉留君容，千載不朽遭樊崇。文章自足欺盲聾，誰使一朝富貴面發紅。達人自達酒何功，世間是非憂樂本來空。③

此詩序言"補東州之樂府"，言淺而達，遣詞造句亦十分生動戲謔，詩中蘊含濃厚的東坡風味。第一章，詩人先言薄酒粗布聊勝於無，又道高官厚祿之人，坎坷長苦辛，早起晚睡、夏曬冬凍，生前雖然享受榮華富貴，死後其實萬事皆空，還不如陶潛高臥北窗之樂，亦不如農戶田間沐陽之趣。第二章則更加辛辣地嘲弄功名富貴，無論的富貴還是貧家，人們的

---

① 蘇軾：《薄薄酒》序，《蘇軾詩集》，（清）王文誥注，孔凡禮點校，中華書局1982，第三冊，687頁。
② （宋）蘇軾：《薄薄酒》，《蘇軾詩集》，王文浩注，孔凡禮點校，中華書局，1982年版，第三冊，第587頁。
③ （宋）蘇軾：《薄薄酒》，《蘇軾詩集》，王文浩注，孔凡禮點校，中華書局，1982年版，第三冊，第587頁。

基本需求不過吃飽穿暖而已,百年之後都是一抔枯骨,又有什麼區別呢?詩歌體現著東坡超然物外的情志,他將莊子的齊物思想融與詼諧幽默的筆調之中,沉重的題材被俚俗化的語言消解,又顯得餘音嫋嫋、不絕於耳。此題一出,則以其獨特的思想和筆調得到眾多文人唱和,如黃庭堅《薄薄酒》言"薄酒可與忘憂,醜婦可與白頭"[①];王炎擬作則言"請君莫嫌薄酒薄,瓦甕匏尊任斟酌。請君莫嫌醜婦醜,荊釵布襦與偕老"[②],而後陳造、於石等人作《薄薄酒》亦擬東坡之篇,並承東坡之意。此類擬作唱和則各篇皆有千秋,都抒發知足常樂之思,但具體立意乃至筆法都各有不同,因而並不令人感到唱和重複,而是更進一步體會到文士以詩交遊時各抒其意的雅趣。

---

① (宋)黃庭堅:《薄薄酒》,《黃庭堅全集》,中華書局,2021年版,外籍卷第七,第961-962頁。
② 傅璇琮 等編:《全宋詩》卷二五五九,冊48,北京大學出版社,1995年版,第29691頁。

第三章　宋人擬新樂府個案研究

宋人擬作新題，大多將張籍、王建、白居易等人詩作當成範本進行創作，擬此三家者數量最眾，且最為典型。雖然這幾人被後世並稱"元白詩派"，但張籍、王建和元稹、白居易創作的新樂府，其風格特質依然有鮮明的區別，張、王二人的新樂府，幽微見怨、平易古質，長於興寄美刺；而元、白二人的新樂府，則直白通俗、曉暢明達，長於說理議論。筆者便按此分類，挑選宋人較為典型的擬新作品進行分析。

第一節　擬張籍、王建的幽微見怨之作

上文提及，唐世樂府，宋人最尚張籍。紫芝《竹坡詩話》所言"唐人作樂府者甚多，當以張文昌為第一"[1]尤可見之。張籍、王建樂府雖也關注現實，但不似元白那樣直接通俗，而是寓以幽微、長於清怨。宋人樂府推崇"發乎情止乎禮義"[2]，雖有諷喻，但晦明變化之間，妙意無窮。宋人也多表達對張籍"微言大義"筆法的追隨，魏慶之《滄浪詩評》表明"大曆後，劉夢得之絕句，張籍王建之樂府，吾所深取耳"[3]，

---

[1]（清）何文煥 輯：《歷代詩話》，中華書局，2004年版，第354頁。
[2]（宋）阮閱：《詩話總龜》引劉次莊《樂府集》，人民文學出版社，1987年，第79頁。
[3]（宋）魏慶之：《詩人玉屑》卷之二《詩評》，中華書局，2007年，第28頁。

南宋周必大《醒齋文稿》也表明："應義理之文，敢繼嚴助、枚皋之作；鳴國家之盛，願追李翱、張籍之風"①。

一、張籍、王建新樂府創作概況

張籍王建是元和年間十分活躍的詩人，二人之間多有以樂府唱和的情況；不僅如此，張籍與元稹、白居易以及韓愈等人均有良好的交遊，《舊唐書》中《張籍傳》記載：

> 張籍者，貞元中登進士第。性詭激，能為古體詩，有警策之句傳於時。調補太常寺太祝，轉國子助教、秘書郎。以詩名當代，公卿裴度、令狐楚，才名如白居易、元稹，皆與之遊，而韓愈尤重之。累授國子博士、水部員外郎，轉水部郎中，卒。世謂之張水部云。②

元稹去世後，張籍也做《哭元九少府》進行哀悼：

> 平生志業獨相知，早結雲山老去期。初作學官常共宿，晚登朝列暫同時。閑來各數經過地，醉後齊吟唱和詩。今日春風花滿宅，入門行哭見靈帷。③

與元、白等人的交往對張籍創作樂府詩產生了積極影響。此外，據潘競翰先生考釋，張籍曾任"太常寺太祝"一職，並有十年之久④，太常寺為朝廷官方樂府機構，於此供職者典朝廷禮樂，掌大樂教習樂舞、鼓吹等事物，作為執官方雅音的張籍，必然熟讀經書樂論，這也使他的創作執著於上溯風雅，恢復樂府正聲，乃至達到化動八方的社會效用，如其

---

① 曾棗莊 劉琳主編：《全宋文》第 228 冊，上海辭書出版社，2006 年，第 297 頁。
② （後晉）劉昫：《舊唐書》，第 160 卷，中華書局，1975 年版，第 4204 頁。
③ （唐）張籍：《張籍集注》，黃山書社，1989 年版，第 195 頁。
④ 潘競翰：《張籍系年考證》，《安徽師大學報》，1881 年第 2 期。

《廢瑟詞》：

　　　　古瑟在匣誰復識，玉柱顛倒朱絲黑。千年曲譜不分明，
　　樂府無人傳正聲。①

王建在《送張籍歸江東》中對張籍復歸大雅的創作亦大加稱賞：

　　　　清泉浣塵緇，靈藥釋昏狂。君詩發大雅，正氣回我腸。
　　復令五彩姿，潔白歸天常。昔歲同講道，青襟在師傍。②

張籍樂府甚至得到了皇帝的提倡和稱許，並被授秘書郎一職。元稹《授張籍秘書郎制》：

　　　　《傳》云"王澤竭而詩不作。"又曰"采詩以觀人風。"
　　斯亦警予之一事也。以爾籍推尚古文，不從流俗，切磨諷興，
　　有取政經，而又居貧宴然，廉退不競。俾任石渠之職，思聞
　　木鐸之音。可授秘書郎。③

此為元、白協助天子起草之制書，不僅體現著元、白對張籍的評價，更體現了官方統治者對其詩文"切磨諷興，有取政經"的贊許。

再談王建，據傅璇琮《唐才子傳箋校》④以及譚優學《王建行年考》⑤，他也曾在太常寺擔任太常寺丞一職。他的詩作中也十分鮮明地表述了追溯風雅的思想，如：

　　　　況我性頑蒙，復不勤修學。有如朝暮食，暫虧憂隕獲。
　　若使無六經，賢愚何所托。⑥

---

① （清）彭定求 等編：《全唐詩》，中華書局，1960年版，第4293頁。
② 黃勇主編：《唐詩宋詞全集》第二冊，北京燕山出版社，2007年版，第944頁。
③ 冀勤校點：《元稹集》，外集第四卷，中華書局，1982年版，第661頁。
④ 傅璇琮：《唐才子傳校箋》，第2冊，中華書局，2000版，第153頁。
⑤ 譚優學：《唐詩人行年考》，巴蜀書社，1987年版，第118-123頁。
⑥ （清）彭定求 等編：《全唐詩》，中華書局，1960年版，第3367頁。

> 大雅廢已久，人倫失其常。天若不生君，誰復為文綱。
> 迷者得道路，溺者遇舟航。國風人已變，山澤增輝光……自顧音韻乖，無因合宮商。幸君達精誠，為我求回章。①

若單論諷詠寓意，元白必然力深於張王，然而宋人對張王樂府的關注實際上遠勝元白，這種現象又該作何解呢？我們認為，雖然張王與元白同樣重寫實，但張王更為含蓄，而元白則露於直白。所謂"含蓄"，是通過選擇敘述視角，以細膩幽微的刻畫呈現畫面，其中深意則不以作者的筆法流露，而是留給讀者自行思量。漢樂府所謂"感於哀樂，緣事而發"便是如此，"哀樂"只關乎情感，不關乎價值判斷，但勝在容易將讀者帶入情境，似身臨其中，如：

> 十五從軍征，八十始得歸。道逢鄉里人："家中有阿誰？""遙看是君家，松柏塚纍纍。"兔從狗竇入，雉從梁上飛。中庭生旅穀，井上生旅葵。舂穀持作飯，采葵持作羹。羹飯一時熟，不知飴阿誰。出門東向看，淚落沾我衣。②

這首樂府詩平鋪直敘，全無辭藻，更無一字評價議論，但其中場景十分生活化，像是用鏡頭展現這位老年人從軍返鄉後的活動，直接拉進了讀者與文本的距離，給予讀者與詩歌主人公相似的情感體驗，最終使讀者直接感受到對戰爭徭役的厭惡。這樣不露一字而意味全出的筆法在張籍、王建的樂府詩中被運用得爐火純青，以王建《田家行》為例：

> 男聲欣欣女顏悅，人家不怨言語別。五月雖熱麥風清，簷頭索索繰車鳴。
> 野蠶作繭人不取，葉間撲撲秋蛾生。麥收上場絹在軸，

---

① （清）彭定求 等編：《全唐詩》，中華書局，1960年版，第3368頁。
② （宋）郭茂倩 編：《樂府詩集》，中華書局，1979年版，第365頁。

的知輸得官家足。

不望入口復上身,且免向城賣黃犢。田家衣食無厚薄,不見縣門身即樂。①

這首《田家行》亦多為宋人所樂道,詩歌全篇寫豐收的喜悅,田間洋溢的是農家男女欣慰的笑容,但是最後四句點出農家人喜悅的原因只是因為能夠按時交稅,不用賣掉自家的黃牛,田家人吃飯穿衣並不在乎是否富足,不被抓到衙門就很值得開心。讀罷不由得叫人心頭凜然,並自然而然地感受到作者寓意其中對勞動人民的同情以及對苛捐雜稅的厭惡。

此外,張王二人十分長於比興,且擅長通篇作比,這使他們的樂府作品不僅富含人情味,更具備了《詩三百》諷喻感發的力量。以"比"作樂府,則不得不提張籍頗有名氣的《節婦吟》:

君知妾有夫,贈妾雙明珠。感君纏綿意,系在紅羅襦。妾家高樓連苑起,良人執戟明光裏。知君用心如日月,事夫誓擬同生死。還君明珠雙淚垂,恨不相逢未嫁時。②

這首詩並非簡單的閨辭,而是張籍以妾婦自擬,婉拒藩鎮首領李師道的重金聘請所作。以美女自比的傳統上可追溯屈原,以女子的美貌與深情分別比喻自身的才華和對君主的忠貞。而張籍則以一女再難二嫁表達自己不能侍奉二主,如果不了解詩歌的創作背景,單從字面意思來看,這完全貞潔女子感人至深的剖白,"恨不相逢未嫁時"則表達了對對方深情厚誼的感激,極富人情味,這也體現了張籍樂府極致的婉約蘊藉,幽

---

① (唐)王建 撰,尹占華 校注:《王建詩集校注》,巴蜀書社,2006年版,第49頁。
② (唐)張籍 撰,徐禮節、余恕誠 校注:《張籍集系年校注》卷一,中華書局,2011年版,第53頁。

微見怨。

以起興見長者當推張籍獨創新題《山頭鹿》：

> 山頭鹿，角芟芟，尾促促。貧兒多租輸不足，夫死未葬兒在獄。早日熬熬蒸野岡，禾黍不收無獄糧。縣家唯憂少軍食，誰能令爾無死傷。①

首句以"山頭鹿"起興，但"鹿"的意象似乎與詩歌主旨並無關聯，只是起到了韻腳上的和諧。起興之後，言苛稅讓這一家人的生活不堪重負，丈夫死去，孩子被捕入獄，糧食依然顆粒無收。詩歌寥寥幾筆勾畫出觸目驚心的生活慘狀，作者在結尾卻並未直接將憤怒爆發而出，而是以類似感慨的言辭抒發對徵兵徭役制度的強烈抗議。

除了語言上的含蓄之外，張王樂府在選材上則不僅僅有為政治服務的篇章，更有描繪一方人情，單純的觀風知俗之作，這也導致他們和元白新樂府的寫法並不完全一致。②《唐詩品匯·總敘》中所總結："元、白序事，務在分明"③，諷諫政治的強目的性使白居易的新樂府多以議論入詩，議論太多則常失於詩味過淡。張王樂府則在敘事中常常夾雜人物的心理刻畫，並以抒情見長，《四庫全書簡明目錄》這樣評價四人："元、白、張、王並以樂府擅長，白居易多作長調，以曲折盡情；張籍及王建多作短章，以抑揚含意。同工異曲，各擅所長"④，可謂十分公允貼切。

---

① （唐）張籍 撰，徐禮節、余恕誠 校注：《張籍集系年校注》卷七，中華書局，2011年版，第836頁。
② 于東東：《論"張王樂府"與"元白樂府"之不同》，《學術論壇》，2011年第3期。
③ （明）高棅 編纂：《唐詩品匯》前言，中華書局，2015年版，第9頁。
④ 永瑢等：《四庫全書簡明目錄》(下)，卷一五《別集類一·王司馬集》，古典文學出版社1957，年版，第600頁。

最後，張、王秉持著風人精神，且均長於樂府，二人之間亦多有新題樂府唱和，如《思遠人》《寄遠曲》《北邙行》《促促詞》均有二人同題唱和之作流傳。

二、張籍《寄衣曲》及其擬作

張籍新樂府被宋人擬作最多的是《寄衣曲》，這首詩是典型的閨怨題材，並以婦人的視角引出對戰爭的不滿：

> 織素縫衣獨苦辛，遠因回使寄征人。官家亦自寄衣去，貴從妾手著君身。高堂姑老無侍子，不得自到邊城裹。殷勤為看初著時，征夫身上宜不宜。①

此詩於無聲處見深情。"織素縫衣"令人不禁想到五言漢樂府《上山采蘼蕪》，"新人工織縑，故人工織素。織縑日一匹，織素五丈餘。將縑來比素，新人不如故"②，織素是十分耗費心力的活計，但主人公不辭辛苦，親手縫製是為了遠征的丈夫能夠穿得更加合身舒適。後四句為思婦對使者的叮囑，"高堂姑老無侍子"是因為他們的兒子正在遠征，又或許有的已經犧牲了，自己作為媳婦需要照顧公婆，無法前去戰場看望丈夫，只能請使者在自己丈夫試穿衣服時代為查看是否合身。

全詩無一處表露對戰爭的不滿，卻處處有哀怨之思。戰爭使愛人分離，親自難見——征夫在戰場上是國家機器，是冰冷無情且理應廝殺甚至甘願犧牲的，但在這個身份之外，這些戰士為人夫、為人父、為人子，

---

① （唐）張籍 撰，徐禮節、余恕誠 校注：《張籍集系年校注》卷一，中華書局，2011年版，第24頁。
② 吳汝煜 等：《漢魏六朝詩鑒賞辭典》，上海：上海辭書出版社，1992年，第179-180頁。

他的身上是全家人情感的寄託。張籍以細密的筆法，選取了極為生活化的視角，初讀十分平淡，再觀則餘味無窮乃至發人深省，正合宋人"怨思雖深，而詞不迫切"①的取向。

據筆者統計，此詩於宋代共有八人進行擬作，共十二首，被譽為"本朝樂府第一"的張耒亦有擬作，現取典型者摘錄如下：

《寄衣曲》張耒

秋風西來入庭樹，攀條正念征人苦。空窗自織正敢任，鳴機愁寂如鳴檜。

練成欲裁新絲香，抱持含愁叔姑堂。別來正見衣覺窄，試比小郎身更長。②

《寄衣曲》劉克莊

征夫去時著纻葛，征夫未回天雨雪。夜呵刀尺未寒衣，兒小卻倩人封題。

上有淚痕不教洗，征夫見時認針指。殷勤著向邊城裏，莫遣寒風吹朕理。

江南江北一水間，古人萬里戍玉關。③

《寄衣曲》許棐

蘆花風緊雁飛飛，便寄邊衣也是遲。妾把剪刀猶覺冷，況君披甲枕戈時。

願君百戰圖勳業，馘項殲嬴頻獻捷。博取貂蟬金印歸，

---

① （宋）何汶：《竹莊詩話》卷二，中華書局，1984年版，第29頁。
② 傅璇琮 等編：《全宋詩》卷一一五五，冊20，北京大學出版社，1995年版，第13028頁。
③ 傅璇琮 等編：《全宋詩》卷三零四零，冊58，北京大學出版社，1995年版，第36257頁。

無負君王無負妾。①

《寄衣曲》釋斯植

自君之出矣，壁上琵琶君記取。日日望君君不歸，自君去後徒相憶。欲剪衣寄贈君，天涯望斷無消息。②

《寄衣曲》三首 羅與之

憶郎赴邊城，幾個秋砧月。若無鴻雁飛，生離即死別。

愁腸結欲斷，邊衣猶未成。寒窗剪刀落，疑是劍環聲。

此身儻長在，敢恨歸無日？但願郎防邊，似妾縫衣密。③

張耒所作《寄衣曲》，全然用張籍原意，同時首句化用《古詩十九首》中的"庭中有奇樹"。"庭樹""攀條"出自"庭中有奇樹，綠葉發華滋。攀條折其榮，將以遺所思"四句，此詩原旨就是思婦憶遠，思婦在庭中樹木花開正盛時選了最美麗的花希望送給思念的丈夫，但是相隔太遠，花香只能充盈在思婦的懷間罷了。"空窗自織""鳴機""裁絲"則是張籍原作"織素縫衣獨苦辛"的情境具體化；兩詩也同樣提及"高堂"，但原作重在描寫姑老子不在側，女主人公必須承擔起照顧家庭的責任，無法親自送衣；文潛則對"別子"意象進行弱化，轉而書寫女主人公在高堂面前的愁思，因為久別夫君，不知衣服裁剪是否合身，只能拿給小郎比試衣長。這首詞作比較完整地繼承了張籍悠遠深長的語調以及對戰爭的反思，尤得文昌之意。

---

① 傅璇琮 等編：《全宋詩》卷三〇八九，冊 59，北京大學出版社，1995 年版，第 36851 頁。
② 傅璇琮 等編：《全宋詩》卷三三〇〇，冊 63，北京大學出版社，1995 年版，第 39325 頁。
③ 傅璇琮 等編：《全宋詩》卷三二九六，冊 62，北京大學出版社，1995 年版，第 39276 頁。

餘下幾首仍在唱和重複思婦征夫之旨，唯有許棐之詩，在妾意纏綿之中多了清剛豪健之氣，思婦執剪覺寒即想起身在邊戍的丈夫，足見情誼深長，後接"願君百戰圖勳業……不負君王不負妾"幾句，勾勒出一個秉持三綱五常，將個人情愛置於家國大義之後的中國傳統女性形象，這般寫法也一掃前文過於柔靡的思緒，使詩歌調性轉向清朗。

三、張籍、王建《促促行》及其擬作

《促促行》是為張籍、王建唱和之新樂府，二人詩歌皆言主人公處境之辛苦：

> 促促行（唐）張籍
>
> 促促復促促，家貧夫婦歡不足。今年為人送租船，去年捕魚在江邊。
>
> 家中姑老子復小，自執吳綃輸稅錢。家家桑麻滿地黑，念君一身空努力。願教牛蹄團團羊角直，君身常在應不得。[1]
>
> 促刺行（唐）王建
>
> 促刺復促刺，水中無魚山無石。少年雖嫁不得歸，頭白猶著父母衣。
>
> 田邊舊宅非所有，我身不及逐難飛。出門若有歸死處，猛虎當衢向前去。百年不遣踏君門，在家誰喚為新婦。豈不見他鄰舍娘，嫁來常在舅姑傍。[2]

這兩首《促促詞》為張籍、王建之同題共作，雖然立意不同，二人同時以此新題作詩，當並非巧合。二人起句均為"促促復促促"或"促刺復

---

[1]（唐）張籍 撰，徐禮節、余恕誠 校注：《張籍集系年校注》卷一，中華書局，2011 年版，第 119 頁。

[2]（唐）王建 撰，尹占華 校注：《王建詩集校注》，巴蜀書社，2006 年版，第 5 頁。

促剌",結句則都有"常在"一詞,可見張、王並非獨自為詩。張詩言"家貧夫婦歡不得",主人公一家年頭至年尾不斷忙碌,"送租船""捕魚"結果落得"空努力"的下場;王詩中的主人公則是嫁人之後常住娘家的女子,不得見到丈夫讓她心情鬱鬱。詩歌主人公、立意主旨均有不同,但情感基調是相似的,都抒發對被命運賦予不幸的普通人給予同情;並且"促促"在張籍、王建這裏似乎不止言明辛苦的狀態,更言時光飛逝之感,且看張詩之"念君一身空努力",有匆匆忙碌一年而一無所獲的惋惜,再看王詩"少年雖嫁不得歸,頭白猶著父母衣",則言人生短暫,而此女則從少到老都無法入住夫家。此題或為二人共同創制,然後各自發揮,以示詩才。《促促詞》(《促剌詞》)在宋代則被徐照、吳泳、徐集孫、嚴羽擬作:

促促詞 徐照

促促復促促,東家歡欲歌,西家悲欲哭。丈夫力耕長忍饑,老婦勤織長無衣。東家鋪兵不出戶,父為節級兒抄簿。一年兩度請官衣,每月請米一石五。小兒作軍送文字,旬日一輪怨辛苦。①

促促詞 吳泳

促促復促促,急柱危弦無好曲。樂日常少苦日多,男耕女桑長不足。參方在場綃在軸,裏正登門田吏趣。東鄰女兒當窗看,西家阿孃闌道哭。閒時輸官猶自可,況是兵符急如火。近聞官家榜村路,運糧多要人夫去。妾貧猶足備晨炊,不原

---

① 傅璇琮 等編:《全宋詩》卷二六七二,冊 50,北京大學出版社,1995 年版,第 31401 頁。

身為泰山婦。①

促刺詞 徐集孫

促刺復促刺，勸織聲轉劇。小婦跣雨采桑歸，大姑煮雪抽絲繹。辛勤欲織禦寒衣，朝暮惟恐不盈尺。織成門外迫催租，不了輸租仍賣綌。婦姑對泣兒號寒，更無可補兒衣隙。帛暖本擬代綌寒，賣綌寒來愈無策。促刺兮，促刺兮，勸人織兮織何益。貯之金屋是何人，重重綾錦飾珠璧。②

促刺行 嚴羽

促刺復促刺，男兒蹭蹬真可惜。三年走南復走北，歲暮歸來空四壁，鄰翁為我長太息。人生四十未為老，我已白頭色枯槁。海內伶俜獨一身，羸馬摧藏愁欲倒。今日飲君數杯酒，座間頗覺顏色好。忽憶當年快意時，與君笑傲長相期。大杯倒甕作牛飲，脫巾袒跣唯嫌遲。即今多病筋力弱，壯心雖存興寂寞。君不見昨夜誰為烈士歌，聽罷仰空淚零落。③

本文第二章已經對這四篇擬作的創制方法進行分析。四首皆以"促促復促促"起句，可判斷四人皆受到張籍、王建的影響，前三首與張籍原旨相類，但各有不同，但總而言之，三人詞皆古質，有張籍之風，且"促促"都極力渲染底層人民生活之辛苦。徐照辭以"東家""西家"之辛勞作對比，東家父子皆有官職，雖然級別不高，且要為維持生活奔波不

---

① 傅璇琮 等編：《全宋詩》卷二九四一，冊56，北京大學出版社，1995年版，第35047頁。
② 傅璇琮 等編：《全宋詩》卷三三九零，冊64，北京大學出版社，1995年版，第40331頁。
③ 傅璇琮 等編：《全宋詩》卷三一一六，冊59，北京大學出版社，1995年版，第37212頁。

止,但他們依然可以"請官衣""請米",至少吃穿不愁,而西家則"長忍饑""長無衣",和東家形成了鮮明對比,詩中兩家似乎都沒有享受到幸福,只有慘與更慘兩相對比,更令人心痛。

吳泳和徐集孫辭則都揭露賦稅徵兵制度為底層人民帶來的痛苦。吳泳詞以平日之苦和徵兵時之更苦作比對,平日本就"樂日常少苦日多",一年不停地勞作卻依然只夠繳納賦稅,勞作所得全都進了官吏囊中;而徵兵之時,貧苦人民又要被拉去"運糧""備晨炊",長途跋涉,或有可能死於沙場。徐集孫辭則極言織婦之苦,先言織婦採桑抽絲之艱辛,然而成衣交賦租稅之後自己卻只有薄衫,難以抵禦嚴寒,同"遍身羅綺者,不是養蠶人"一樣無奈悲愴。此二詩都表達了對底層人民的深切同情,且無論是租稅還是出征,都是上層統治者的政策或決策,但其間損失卻都由百姓承擔,不免叫人心生悲憫。

嚴羽的《促刺行》則與其上三篇不同,其辭頗有豪壯之氣,雖然也談及男兒之辛苦伶俜,但詩章重點卻是"今日飲君數杯酒,座間頗覺顏色好"之後的部分,主人公回想年輕時的快意,言其"壯心雖存",尾句則又因聽到"為烈士歌"而悲愴落淚。此詩以第一人稱抒發情感,雖也談及自身奔波不止的人生,然依筆者之見,此"促刺"更多指向時光之短促,所抒發者乃是幾十年一晃而過的感慨之詞。此詩言語之間也並非單純的悽楚之句,辭中亦有壯語,壯心之間仍見感慨,可謂不落窠臼之佳作。

第二節 擬白居易新樂府的說理諷喻之作

宋代人對元稹、白居易新樂府的評價大抵不離"元輕白俗"四字,但他們同樣也認識到通俗的價值,如胡仔《苕溪漁隱叢話後集》言:"白樂天詩,自擅天然,貴在近俗,恨如蘇小雖美,終帶風塵。"[1]又《陳輔之詩話》:"世間好語言,已被老杜道盡。世間俗語言,已被樂天道盡。"[2]此二句未嘗不是在肯定"近俗"的價值,更抒發"俗言"被道盡的遺憾。張戒《歲寒堂詩話》:"元、白、張籍、王建樂府,專以道得人心中事為工,然其詞淺近,其氣卑弱。"[3]雖然對元白詩派的詞淺氣卑提出批評,但也肯定了他們對人物內心的刻畫描摹以及對現實生活的感遇抒發。

一、元稹、白居易的新樂府創作情況

元、白二人的新樂府創作,各類文學史著中已多有提及,再談便顯得冗語過多,也就不多贅述。宋人在新樂府這一文類的評價體系中,元稹、白居易二人之作不能稍勝張籍、王建,筆者想針對這一現象抒發一些自身的看法。

白居易《與元九書》:"小通則以詩相戒,小窮則以詩相勉,索居則以詩相慰,同處則以詩相娛。"[4]元稹、白居易所作新樂府,乃是為"立言"而作,他們做詩的本義並不是為了士大夫、讀書人及官員階層能夠欣賞,而是為了"婦孺皆知",廣為傳唱。中國古代,中下層平民百姓無法接觸到良好的教育,大字不識者比比皆是,如果將詩歌寫得過於蘊藉雅正,百姓群眾大都根本無法理解其中深意,因此輕淺、

---

[1](宋)胡仔:《苕溪漁隱叢話》,廖德明校點,人民文學出版社1962年版,第258頁。
[2]郭紹虞:《宋詩話輯佚》卷上,中華書局,1980年版,第291頁。
[3](宋)張戒:《歲寒堂詩話》卷上,《歷代詩話續編》本,中華書局,1983年版,第450頁。
[4](唐)白居易:《白居易集》卷四十五,中華書局,1979年版,第66頁。

直白就成了元白新樂府最突出的特徵。宋人詩話評價元稹、白居易新樂府"露於直白"，並非二人之才力學識不及張籍、王建，而是他們作詩目的不盡相同；張籍作樂府授秘書郎，可見其詩作大多為身份地位相同的士階層傳閱，甚至需要為上所見，因此平實直白並非適合張王的語言特徵；元白對作品下沉的需求使他們選擇了通俗輕淺，然而宋代論詩作述者依然為士大夫階層，學者與官員的雙重身份讓他們樂於以俗為師，即以日常風物乃至生活用具入詩，甚至以爐火純青的平淡境界為尚，但是他們的"俗"乃是"化俗為雅"，並以內心的雅正為境界，讓他們接受真正的平民文化是幾無可能的，這也導致了整個宋朝元白新樂府評價不及張王的情形。但放眼整個文學史，元白的新樂府無疑是一次意義空前的革新。

事實上，在當今文學研究的話語體系裏，張籍、王建也被包含在元白詩派當中。這一詩派進行創作的內核是相通的，都是通過文學作品折射現實，追復風雅之義，但四人創作亦有差異，這一點業師尚永亮先生於《中唐樂府諷喻詩之價值評判與元白張王之優劣異同》一文中已有精煉概述：

> 就張王樂府與元白新樂府之特點論，重寫實、尚通俗，體察百姓疾苦，批判現實黑暗，是其共同趨向。其不同處在於，元白特別是白居易的新樂府立足於"為君、為臣、為民、為物、為事而作"，具有明確的創作目的和諷諭意圖，而張王樂府則更為隨意自然，多屬"感於哀樂，緣事而發"。職是之故，前者多題旨顯豁，用語直白，易於言盡意盡；後者則重在描寫和敘情，多含蓄委婉，古質細密，發人深思。前者謀篇佈局，意在筆先而系統周延，更具創新性和規模效應；後者因依傳統，

不事張揚而隨感隨發,稍欠集中度和衝擊力。①
元稹、白居易二人政治諷喻意味更加直白露骨,張籍、王建則長於幽微見怨,因而前者樂府被指責"淺""俗",後者則被道盡妙處。但觀宋人擬新之作,則白居易亦有多題為宋人所選,下面將擇其典型進行論述。

二、白居易《捕蝗》及其擬作

《捕蝗》是白樂天為宋人擬作最多的新樂府,此詩謂"刺長吏也",以為不依天德,徒以人力解決天災是十分可笑的,全詩錄如下:

> 捕蝗捕蝗誰家子,天熱日長饑欲死。興元兵後傷陰陽,和氣蠱蠹化為蝗。始自兩河及三輔,薦食如蠶飛似雨。雨飛蠶食千里間,不見青苗空赤土。河南長吏言憂農,課人晝夜捕蝗蟲。是時粟斗錢三百,蝗蟲之價與粟同。捕蝗捕蝗竟何利,徒使饑人重勞費。一蟲雖死百蟲來,豈將人力定天災。我聞古之良吏有善政,以政驅蝗蝗出境。又聞貞觀之初道欲昌,文皇仰天吞一蝗。一人有慶兆民賴,是歲雖蝗不為害。②

白居易此詩依然懷有悲天憫人之慈心,其觀點在當世看來雖有落後之嫌,但我們若是脫離時代局限評價古人思想,便會顯得刻薄。樂天此詩以刺長吏,言長吏之政策乃是"捨本逐末",而實行"善政"並得到上天垂憐才是解決蝗災的根本。宋代則有鄭獬、歐陽修、彭汝礪、陳造以及章甫也都以《捕蝗》為題進行創作,宋諸家對此詩進行的擬作也十分有趣,有承白意而作者,更有反其意而行者,但是由於篇幅太長不再於文中摘錄,僅作分析如下:

---

① 尚永亮:《中唐樂府諷喻詩之價值評判與元白張王之優劣異同》,北京大學學報(哲學社會科學版),2010年第4期。
② (清)彭定求 等編:《全唐詩》,中華書局,1999年版,第4694-4695頁。

鄭獬的《捕蝗》則全然繼承樂天之意，首句"翁嫗婦子相催行，官遣捕蝗赤日裏"與白居易首句均描寫人們在赤日烈陽之下辛辛苦苦捕捉蝗蟲的景象，此句一出則知鄭詩蓋不離樂天之意。"囊提籃負輸入官，換官倉粟能得幾。雖然捕得一斗蝗，又生百斗新蝗子"四句則完全呼應白居易原詩，官吏以銀錢、粟米交換人民捕捉到的蝗蟲，但是卻無法從根本上解決災難。白、鄭二人均譏諷蝗政雖然能夠處理少部分的蝗蟲，人力難勝天災，以捕治蝗卻不施德政，只會導致蝗災愈演愈烈。鄭獬此篇是十分典型的擬篇，思想主旨相似，且語言風格都淺近直白。

　　而歐陽修作《答朱寀捕蝗詩》[①]則反白意而作，可稱之"反樂府"。歐詩言"捕蝗之術世所非，欲究此語興於誰。或云豐凶歲有數，天孽未可人力支。或言蝗多不易捕，驅民入野踐其畦"，先概括前人對捕蝗一事的評價，前人以"人力難支天孽""蝗多難捕"以及"入野踐畦"等原因反對捕蝗，對比白詩，便不難發現，歐陽修所述都是白居易對捕蝗的看法。歐詩緊接著表達自己對前人此類議論的看法，即"不究其本論其皮"；歐氏認為，驅趕蝗蟲雖然難以一次性趕盡殺絕，但是總好過毫無作為，蝗災如果不加管制，按照蝗蟲的生殖速率，則會導致"詵詵最說子孫眾，為腹所孕多昆蚳。始生朝畝暮已頃，化一為百無根涯"的嚴重後果。如果在蝗蟲剛剛破土而出時不去努力捕捉，等它們長出翅膀便更難控制，雖然田地裏禾糧的幼苗今年因為捕捉蝗蟲被踐踏，但是等到消滅蝗蟲，來年的糧食必將迎來豐收。而官吏以金錢、粟米等鼓勵捕蝗，則正是表達著他們希望為民除害的決心。歐陽修全詩句句回應白居易提出的"徒使饑人重勞費"、"一蟲雖死百蟲來"以及"豈將人力定天災"

[①] 傅璇琮 等編：《全宋詩》卷二九八，冊6，北京大學出版社，1995年版，第3749-3750頁。

這三個質疑,他以理性的思考分析捕蝗之必要,行文邏輯清晰,且文理皆有可觀,是十分出色的說理詩。

彭汝礪的《捕蝗雜詠》,僅有五言八句,但大體依然照白居易詩而作,抒發"已知蠹人力,毋亦渗天和"的觀點。章甫以及陳造的捕蝗詩,則並非說理議論,也並未抒發對蝗事的觀點,而是敘述自身捕蝗經歷,言治蝗之後的天朗氣清、百姓和樂,或是描寫所居之地蝗蟲侵犯時的場景,並言及思鄉之情,與白居易原詩並未有很強的呼應,或為賦題作詩,或只是作者興起抒發之作。

三、白居易《隋堤柳》及其擬作

《隋堤柳》題雖為白居易創制,但以隋柳寓王國興衰於初唐則有矣。《隋堤柳》非止於言興衰,同時蘊含"仁義不施而攻守之勢異"的思理,"隋柳"的典故亦多有記載:

> 帝自洛陽遷駕大渠。詔江淮諸州造大船五百隻。使命至,急如星火。民間有配著造船一隻者,家產破,用皆盡猶有不足。枷項笞背,然後鬻貨男女,以供官用。龍舟既成,泛江汾淮而下。至大梁,又別加修飾,砌以七寶金玉之類。於吳越間取民間女年十五六歲者五百人,謂之殿腳女。至於龍舟禦楫,即每船用彩纜十條,每條用殿腳女十人,嫩羊十口,令殿腳女與羊相間而行,牽之。時恐盛暑,翰林學士虞世基獻計,請用垂柳栽於汴渠兩堤上:一則樹根四散,鞠護河堤;二乃牽舟之人,護其陰;三則牽舟之羊食其葉。上大喜,詔民間有柳一株,賞一縑。百姓競獻之。又令親種,帝自種一株,群臣次第種,方及百姓。時有謠言曰:"天子先栽,然後百姓栽。"栽畢,帝御筆寫:"賜垂楊柳姓楊,曰楊柳也。"時舳艫相繼,連

接千里，自大梁至淮口，聯綿不絕，錦帆過處，香聞百里。①
隋煬帝開鑿運河，乃造千秋之利。隋堤之柳，則源於"翰林學士虞世基獻計"，不僅可以保護河堤，還能讓牽舟之人有陰可乘，牽舟之羊有葉可食。煬帝用獎賞縑的方式鼓勵百姓種植柳樹，百姓們也都十分積極回應。隋煬帝也親自栽種柳樹，群臣和百姓也競相效仿，因而形成了楊柳千里、綿綿不絕的盛景，千里柳蔭也極言大隋之鼎盛。然而隋朝不施仁政，世殊時異，換代改朝，天下易李，唯有運河兩岸的千里楊柳證明者隋朝轉瞬即逝的輝煌。文人墨客見柳唏噓，便多有"隋柳入唐"、"不覺楊家是李家"之類的吟詠，其間最負盛名的便是白居易的《隋堤柳》：

> 隋堤柳，歲久年深盡衰朽。風飄飄兮雨蕭蕭，三株兩株汴河口。老枝病葉愁殺人，曾經大業年中春。大業年中煬天子，種柳成行夾流水。西自黃河東至淮，綠陰一千三百里。大業末年春暮月，柳色如煙絮如雪。南幸江都恣佚遊，應將此柳系龍舟。紫髯郎將護錦纜，青娥御史直迷樓。海內財力此時竭，舟中歌笑何日休？上荒下困勢不久，宗社之危如綴旒。煬天子，自言福祚長無窮，豈知皇子封鄺公。龍舟未過彭城閣，義旗已入長安宮。蕭牆禍生人事變，晏駕不得歸秦中。土墳數尺何處葬？吳公台下多悲風。二百年來汴河路，沙草和煙朝復暮。後王何以鑒前王？請看隋堤亡國樹。②

白居易此詩謂"憫亡國也"，起句言隋堤楊柳殘破衰敗之景，再言大業時期"綠陰一千三百里""柳色如煙絮如雪"的繁盛之景。樂天詩又言煬天子勞民傷財，極力修建運河乃是為了遊幸揚州，滿足享樂之欲，身

---

① （明）陸楫：《煬帝開河記》，《古今說海》，上海文藝出版社，1989年版，第9頁。
② （清）彭定求 等編：《全唐詩》，中華書局，1999年版，第4719-4720頁。

為天子只顧自己玩樂，不顧四海之內"上荒下困"的形式，江山福祚灰飛煙滅便只是時間問題。煬天子舟楫未歸，宮內已然生變，只落得"吳公台下多悲風"的情狀。隋朝的繁盛早已不復眼前，而時光從未停歇，兩岸柳樹也從"綠陰千里"淪為"老枝病葉"，白居易在詩歌最後總結"後王何以鑒前王，請看隋堤亡國樹"，點明借古諷今的意圖。白居易之前吟詠隋柳者，之感慨歷史之更迭流變，而白詩一出，則"隋堤柳"更成為遊樂亡國之象。

宋人曹勛、江鈜曾以《隋堤柳》為題作詩。據《宋史》記載：

> 太祖建隆二年春，導索水自旃然，與須水合入於汴。三年十月詔："緣汴河州縣長吏，常以春首課民夾岸植榆柳，以固堤防。"[1]

宋太祖命官吏帶領民眾在隋運河兩岸種植榆、柳來加固堤壩，這一政策使得宋代的隋堤兩岸又恢復了綠陰夾岸的盛景，曹、江二人吟《隋堤柳》則不復殘破之景，且看曹詩：

> 隋堤柳，千里夾隋堤。堤中有平道，百尺隱金鏈。柳色間桃李，行客迷芳菲。牙檣從西來，雲表開龍旗。一舟挽千人，萬舟若魚麗。舟中盡絕色，不厭荒淫饑。錦帆壓奔流，日夜東南馳。龍舟未及返，身辱吳公泥。神器朱所托，化作迷樓灰。向來桃與李，花色猶不衰。向來堤上柳，柳色猶依依。唐公已舉晉陽甲，草木雖小知無隋。[2]

---

[1]（元）脫脫 等：《宋史》卷九三，《河渠志三》，中華書局，1977年版，第2316－2317頁。
[2] 傅璇琮 等編：《全宋詩》卷一八八二，冊33，北京大學出版社，1995年版，第21076-21077頁。

顯而易見，曹勳之《隋堤柳》篇章結構、主旨立意皆與白詩相差無幾。先言楊柳"千里夾隋堤"的盛景，再言煬帝乘舟下江南之威風凜凜，又言龍舟未返而江山社稷已然易姓。最後抒發感慨，桃李、楊柳等生靈顏色依舊，但是種植它們的隋王朝早已湮沒於歷史長河。李唐入主關中，大隋王朝似乎不曾存在，山間草木亦不知隋。曹勳是宋王朝南渡之後十分有代表性的樂府作者，並曾經與宋徽宗一道被金人擄去，因此他擬樂天作《隋堤柳》當有其永歌嗟歎之志。家國淪陷，詩人內心當比所見之瘡痍更為悽楚，借《隋堤柳》言國恨家仇是為"不平之鳴"，並多有梗概慷慨之氣。詩中以煬帝寓徽宗，極言其耽於享樂而導致山河破碎之痛，結尾句"草木雖小知無隋"則抒發了對大宋王朝之歎惋，算是較為上乘的擬篇之作。

江鈇的《隋堤柳》則短小精悍，只有"錦纜龍舟萬里來，醉鄉繁盛忽塵埃。空遺兩岸千株柳，雨葉風花作恨媒"①四句，詩歌中間省略了對夾岸楊柳平鋪直敘的描寫，以及"龍舟未過彭城閣，義旗已入長安宮"的過程描寫，只用"醉鄉繁盛忽塵埃"一筆帶過。此詩更像是對白居易詩歌的梗概或者略寫，但其詩義則並不離白。

---

① 傅璇琮 等編：《全宋詩》卷三一七九，冊61，北京大學出版社，1995年版，第38150頁。

第四章　宋人擬作中的經典化與程式化、徒詩化問題

"經典化"已是文學研究中十分老生常談的話題了。事實上，到了今日，一切仍然在研究、挖掘的文學作品或多或少都已經經歷或者正在經歷著經典化的歷程。"經典化"主要由讀者以及後世研究者完成：有價值的文學文本一經產生，便不斷經歷著被解讀、被評價、被闡釋，甚至於被摹仿的歷程，在這一過程中，文本被發掘了新的價值，或被賦予了新的內涵，從而被奉為經典。唐人新樂府在被宋人接受以及再創作的過程中，不僅被諸家詩話評論，更被當做"範本"進行摹仿，筆者認為，這正是唐人新樂府在宋代經歷經典化的體現。

業師尚永亮先生曾將文學接受分為三個模式，即"個體——個體"的點對點模式，"個體——群體""群體——個體"的群點互對模式，"群體——群體"的群對群模式[1]，本文的研究對象，宋人的擬新樂府，是十分典型的因接受而形成的經典化現象，其接受也是典型的"群對群"模式。宋人對唐諸家的擬作，如我們上文所析，雖然有不少辭義俱佳之作，但也出現了更多止乎摹仿逞才的作品。將唐人新樂府奉為經典並進行模擬，或許並不總能創造出新的經典，反而極有可能使創作僵化，甚

---

[1] 尚永亮：《歐、梅對韓、孟的群體接受及其深層原因》，《唐代詩歌的多元關照》，湖北人民出版社，2005 年版，第 256 頁。

至失去詩歌本該具有的風骨以及格調，本章將基於宋代擬唐新樂府論述對經典化過程的反思。

第一節　經典化與程式化

不可否認的是，經典化與程式化總是一體兩面地出現，並互為表裏。一方面，經典化能夠更為深入地挖掘文本的思想價值，以唐人樂府在宋代的經典化為例為例，宋諸家詩話對唐人樂府發表了不少評價，如葛立方《韻語陽秋》評李白詩云："李白樂府三卷，於三綱五常之道數致意焉。慮君臣之義不篤也，則有《君道曲》之篇。慮父子之義不篤也，則有《東海勇婦》之篇。慮兄弟之義不篤也，則有《上留田》之篇。虞朋友之義不篤也，則有《箜篌謠》之篇。慮夫婦之義不篤也，則有《雙燕離》之篇。"[1]諸如此類的評述闡釋便進一步發掘了原文文本的價值，甚至為文本賦予了新的解釋角度；但同時，經典化所造成的模仿熱潮則無法避免地帶來創作的程式化，如被唐人批駁"共體千篇，殊名一義"的古題樂府，以及本文述及的陷入僵化的擬新樂府。

新樂府在宋代的經典化可謂是難抵潮流，筆者以為，任何一種文學形式一經產生，將必須要以"經典化"的形式使其生命得以延續。新樂府無疑成功做到了這一點，宋代人對其題目本身的繼承擬作，乃至於對"即事名篇"、自擬新題這種創作方式的習得，都使得"新樂府"這一文學形式不斷煥發新的生命力。但正如本文第二章所說，唐人新題在被不斷擬作的過程中，又一次陷入"於文或有短長，於義咸有贅剩"的困境當中。

---

[1]（清）何文煥輯：《歷代詩話》，中華書局，1981年版，第557頁。

第四章　宋人擬作中的經典化與程式化、徒詩化問題

施劍南碩士在《大曆律詩程式化研究》一文中指出①，程式化的正向結果是"成為範式"，在唐人新樂府已經成為"範式"的情況下，宋代諸篇擬作，尤其是以擬篇法作張籍新樂府者，也都不斷地向唐人"範式"進行靠近，而這也導致了這些擬作作品的高度統一性，如釋善珍《征婦怨》和徐照的《征婦思》：

征婦怨　釋善珍

前年番兵來，郎戰淮河西。官軍來上功，不待郎書題。淮河在何許，妾身那得去。生死不相待，白骨應解語。天寒無衣兒啼革，妾身不如骨上土。②

征婦思　徐照

年半為郎婦，郎去戍採石。又云戍濠梁，不得真消息。半年無信歸，獨自宋羅幃。西風吹妾寒，倩誰寄郎衣。姑老子在腹，憶郎損心目。願郎征戰早有功，生子有蔭姑有封。③

不難發現二人均為效法張籍之作。但是就此兩篇作品進行比對，不難發現他們無論是謀篇佈局、立意主旨、人物意向乃至言語風格都有著高度的相似性。施劍南認為，某一文學文本是否稱得上"範式"需要從兩個維度出發，一個維度是統一性，另一個維度是經典性。④就統一性而言，這些擬新樂府以題目為聯結，不少篇目都會在思想立意上達成高度一致，但這種統一性所帶來的則是不斷被歷代詩論家批評的"共體千篇，殊名

---

① 施劍南：《大曆律詩程式化研究》，2022年武漢大學碩士學位論文。
② 傅璇琮等編：《全宋詩》卷三一五零，冊60，北京大學出版社，1995年版，第37778頁。
③ 傅璇琮等編：《全宋詩》卷二六七二，冊50，北京大學出版社，1995年版，第31401頁。
④ 施劍南：《大曆律詩程式化研究》，2022年武漢大學碩士學位論文。

一意"的現象,從而導致這一類作品讀無可讀。

其實不止是新樂府,任何不加思索的模擬行為事實上都是照本宣科,是以將文學作品等同於某種"形式"。英國形式主義美學家克萊夫·貝爾就提出了"有意味的形式":

> 在每件作品中,以某種獨特的方式組合起來的線條和色彩、特定的形式和形式關係激發了我們的審美情感。我把線條和顏色的這些組合和關係,以及這些在審美上打動人的形式稱作"有意味的形式",它就是所有視覺藝術作品所具有的那種共性。①

形式主義的主要觀點就是將文學作品的內在看成是"形式"或者說"某種組合方式"。用"擬作"的方式寫新樂府,亦或是古樂府等其他文學,就其創作的本質而言,即是將特定的意象,特定的辭彙乃至語言風格按照一定規律進行排列組合,並使其成為某種符號化的形式,如上文列舉的《征婦怨》《征婦思》還有各式各類遊子思婦題材的作品,按意象而言,不過是征戰、戍邊、寄衣、裁衣、白骨、家書等等;按敘事視角而言,則大多以閨中女子的視角表達對戍邊丈夫的思念;言及心理描寫,則未出擔憂丈夫在邊地寒冷,欲要寄衣又不知寄往何處。我思考,這種將審美寓於形式,並且將形式當作範式的創作方法,就是最新出現的Chat-GPT都能輕鬆創作,下面是筆者讓人工智慧創作的《征婦怨》三首:

> 何處是天涯,戍樓連邊疆。婦思征夫苦,空餘情字長。
> 懷念夜夜烏驚心,望穿秋水愁煎腸。白骨換歸期,魂牽夢境中。
> 離別空傷懷,舊衣撫塵埃。誰知邊塞苦,征夫在何地?
> 星辰入夢裏,望郎歸期無消息。恍恍惚惚憶往昔,爭奈離愁

---

① (英)克萊夫·貝爾著,薛華譯:《藝術》,江蘇教育出版社,2005年版,第4頁。

愈發濃。

　　守望烽火邊，婦人心惶惶。空憶戍樓影，淚滴湘江長。
　　願郎戰罷歸，共度餘生好。思緒飛無翼，相思淚滿袍。①

以上三首詩乍一看也是十分像模像樣的。筆者為其輸入的"範式"是上文中釋善珍的《征婦怨》，人工智慧已經能夠熟練地把控此類遊子思婦類詩歌的經典意象，譬如"寄衣""戰骸""鐵馬""朔風""長亭""戍樓""烽火"等等，比對筆者剛開始學習作詩時的水準也是不遑多讓的；人工智慧似乎也具備一定技巧對主人公的心理進行描摹，比如"愁煎腸""離別空傷懷""心惶惶""思緒飛無翼"等筆觸，都令讀者有一種似曾相識的熟悉感。但是細讀文本，其實行文的邏輯結構其實稍微有些混亂或者重複的，一般來說，征夫思婦類題材是將動作描寫和心理描寫相結合，並且有著一定的寫作順序，人工智慧則是簡單地組合常見辭彙及意象，使其詩作呈現出文理不通卻十分唬人的效果，這可謂是十分純粹且典型的"形式主義"創作。

　　雖然筆者所舉之例十分極端，且形式主義所謂"形式"並不僅僅包括符號化的意象，還包含的意象的排列方式，但假設我們不斷對人工智慧輸入"範式"，或許它也會逐漸習得更加完整的寫作技巧，難道人工智慧的擬作便不算擬作了嗎？筆者認為，這種"擬作"實際上和後人對新樂府的"擬作"事實上是別無二致的。回到"程式化"這一話題本身，這種對"範本"進行擬作的作品令人厭煩之處在於，它和人工智慧詩一樣空洞且沒有思想，頂多可以說是有邏輯思維能力的人工智慧而已。

---

① GPT4 所作《征婦怨》三首，筆者輸入指令：請以《征婦怨》為題寫一首征夫思婦題材的詩歌，希望用到"寄衣""征戍"等意象，韻腳以及體裁格示例如下：前年番兵來……，則得多首類似的創作。

優秀的文學作品則絕不僅僅只是形式，更需要真實情感的自然流露，至若退之所謂"不平則鳴"，東坡所謂"不得已而為之"，乃是有真感情。尚永亮師曾於《辨〈人間詞話〉之"真"》一文中論及"真"與"境界"的關係："王氏言'意境'，未曾離真；言真又未曾離'自然'。'自然'實乃真之內涵，而真又確為'境界'之核心，故治'詞話'者不惟於'境界'上用力，更當於'自然'之真上用力。"① 以真感情屬文作詩，乃是"有境界"的根本，而以斧鑿之功堆砌作品，則無境界甚至無格調，何異於機器人之詩乎？

程式化乃是經典化導致的必然結果之一，在這個過程中也形成了文學文本的"範式"。"範式"也並非只導致了詩歌創作的僵化，它也為人們進行詩歌學習提供了可供摹仿的途徑。比如劉克莊初學作詩，以《愛月夜眠遲》為題，則作"性癖多幽事，尤於愛月偏。遠從天際待，遲至夜深眠。方恨冰輪缺，俄欣玉鏡圓。且哦丹桂下，未傍大槐邊。快欲騎鯨去，輕如化蝶然。徘徊惜餘景，窗下映陳編。"② 雖然也是因題賦詩，學習摹仿，但這也是每個初學之人的必經之路；以有思想內核的經典作品為範本，總會有助於個人詩才詩藝之增益；但到了一定階段，則需擺脫定式思維，脫離範本，不可過分斧鑿堆砌，以自成一家之風為上。

第二節　經典化與徒詩化

本文的研究對象是"擬新樂府"，它的本質依然是樂府詩體。《文

---

① 尚永亮：《辨〈人間詞話〉之"真"》，《江漢論壇》，1983年。
② （宋）劉克莊撰：《後村先生大全集》，四川大學出版社2008年版，第767頁。

心雕龍·樂府》首句就指出:"樂府者,聲依永,律和聲也。"① 這句引自《尚書·堯典》的語錄揭示出樂府詩歌的本質就是人聲、樂律和諧而奏的產物,即音樂。上古之時,詩舞樂本為一體,劉勰亦言"故知詩為樂心,聲為樂體"②。科技尚且落後的中國古代,保存音樂是十分困難的;或有樂人以文本的形式記錄樂譜,但由於沒有統一的樂調符號,致使後人大多難以看懂樂譜,這也導致音樂的失傳成為某種必然。

古樂府在唐時已有諸多曲調亡佚,但唐人在論及樂府,依然注重該文體的音樂性,就算是元稹、白居易作新樂府,亦期待能夠被廣為傳唱。而到了宋代,音樂的文本載體則不再是樂府詩,而成為了曲子詞。筆者《宋人以"樂府"稱"詞"現象探究》一文中曾論證過宋代樂府內涵擴大的現象,"詞"被堂而皇之地冠以"樂府"之名,足見音樂載體之流變情況。宋人觀念中其實十分清楚樂府的音樂屬性,馬端臨《文獻通考·樂考》,鄭樵《通志二十略·樂略》,陳暘《樂書》乃至諸家詩評詩話都曾以"樂本位"的思想論述樂府詩,但由於傳媒科技之局限,流傳至宋人手中的樂府則徒餘詩而無樂。因此在他們的樂府古題乃至新題擬作時,便不存在"擬調法",徒餘"擬篇法"和"賦題法"。

縱覽文學史,在沒有辦法保存音樂的情況下,音樂類文學文本的經典化總是與音樂的流逝相伴而行,但這是歷史與後世接受者不得已的選擇。以《詩經》為例,它本就是可以入樂吟唱的,司馬遷《史記·孔子史家》可證:

---

① (南朝)劉勰 著,陸侃如 牟世金 譯注:《文心雕龍譯注》,齊魯書社,2009年版,第152頁。
② (南朝)劉勰 著,陸侃如 牟世金 譯注:《文心雕龍譯注》,齊魯書社,2009年版,第158頁。

> 古者詩三千餘篇，及至孔子，去其重，取可施於禮義，上采契後稷，中述殷周之盛，至幽厲之缺，始於衽席，故曰"關雎之亂以為風始，鹿鳴為小雅始，文王為大雅始，清廟為頌始"。三百五篇孔子皆弦歌之，以求合韶武雅頌之音。禮樂自此可得而述，以備王道，成六藝。①

《詩經》的經典屬性是毋庸置疑的。《詩》在經典化的過程中，其文本不斷被進行解讀和闡釋，它的思理性和可解讀性被學者重視，與此同時，其音樂性則下意識地被忽略了。學者李輝等在《儀式與文本之間——論〈詩經〉的經典化及相關問題》一文中提出："《詩》的流傳存在於兩個系統，即樂官群體所用的、其內容和功能以服務於具體樂用為主的'樂本'系統和周貴族'詩教'所用、偏重於禮樂德義教育的'文本'系統，而後者正是《詩》的經典性主要動力來源。"②《詩三百》本身隸屬於音樂系統，但當它的文本被整理出來之後，即被賦予了極強的社會功能，孔子曰：

> 不學《詩》，無以言。③

> 小子何莫學夫《詩》？《詩》，可以興，可以觀，可以群，可以怨。邇之事父，遠之事君。多識於鳥獸草木之名。④

用以"言"和用以"興觀群怨"的《詩三百》，自然不會是詩樂，而是《詩》的文本；所謂"學《詩》"，是將《詩》當作教科書，學習其中

---

① （漢）司馬遷：《史記》卷四十七，中華書局，2013，第1936頁。
② 李輝，林甸甸，馬銀琴：《儀式與文本之間——論〈詩經〉的經典化及相關問題》，《溫州大學學報》，2020年第1期。
③ 陳曉芬 徐儒宗 譯注：《論語》季氏篇，中華書局，2015年版，第204頁。
④ 陳曉芬 徐儒宗 譯注：《論語》陽貨篇，中華書局，2015年版，第211頁。

辭義,並非其樂調;戰國時期,各國諸侯以及諸公子用"斷章取義"的方式進行"詩言志",也是忽略《詩》的音樂屬性,著重挖掘《詩》文本之"義",甚至為其賦予新的內涵。到了漢代,《詩三百》的音樂亡佚,漢人將《詩》作為徒詩進行學習,這一時期解經述作之風盛行一時,經學家不斷對《詩經》文本解讀闡發,他們的箋注甚至十分繁瑣冗長。"解經"的過程,是將《詩》的文義不斷挖掘,也是《詩經》經典化的重要歷程,這個過程中,音樂的缺失並未對《詩經》經典地位的確立造成影響,《詩三百》文本的留存才是其成為經典的根本,由此觀之,"徒詩化"實際上是"經典化"帶來的某種"副作用"。

至於樂府詩學,諸家的爭論也可分為"尚辭""尚義"和"尚樂"三派。尚樂者,將音樂作為樂府詩的根本屬性,如鄭樵《通志總序》:

> 樂以詩為本,詩以聲為用。風土之音曰風,朝廷之音曰雅,宗廟之音曰頌。仲尼編詩,為正樂也……古者絲竹有譜無辭,所以六笙但存其名。序詩之人不知此理,謂之有其義而亡其辭,良由漢立齊、魯、韓、毛四家博士,各以義言詩,遂使聲歌之道日微……然詩者人心之樂也,不以世之興衰而存亡,繼風、雅之作者,樂府也。史家不明仲尼之意,棄樂府不收,乃取工伎之作以為志。臣舊作系聲樂府,以集漢魏之辭,正為此也。[1]

然而,鄭樵等人秉持的"樂本位"理念則只能存在於理論批評當中,由於音樂的亡佚丟失難以避免,在樂府詩的實際創作中,以樂為本的擬調法幾乎是不存在的;言及"尚辭"一派,則沒有特定的創作方式,太康陸機之擬篇,永明沈約、王融之賦題,都很注重樂府辭章的雕琢磋磨。而對樂府詩"義"的注重,則首推元稹、白居易,他們將樂府詩"諷興

---

[1] (宋)鄭樵撰,王樹民點校:《通志二十略》,中華書局1995年版,第7-8頁。

時事"的屬性發揮到極致,並以其新樂府創作達到美刺比興、傳播思想的目的。樂府文本是不包含"樂"的,但"辭"和"義"則是文本的兩個組成部分:樂府詩能夠流傳,有賴於後人對樂府題的擬作,而後人的擬作要麼學習原詩的辭章、謀篇佈局,並力圖在原辭基礎上更近一步地發展文辭之美;要麼追尋本事,將詩歌原旨傳承發揮,其音樂屬性則再一次被忽視。音樂雖然具有情感,甚至能夠引發人們情緒的激蕩,但留存思想內容卻是音樂無法做到的,經典之所以成為經典,根本在於其無與倫比、無可取代的思想。由上可推,"經典化"基於文學作品的思想內容,"文本"本身便是不可或缺的;留存音樂對於古代作品中的思想流傳而言則顯得性價比過低,因而音樂文學的經典化和徒詩化往往是具有同步性的。

小　結

擬作新題是宋人獨特的樂府創作方式,也最能體現宋人對唐人樂府的接受。而宋人擬新樂府卻並未在文學史中激起漣漪,比之唐人所作擬古樂府,宋人乃至後世的擬新樂府都顯得黯淡無光。"新樂府"這一概念的內涵自元稹、白居易提出至北宋《樂府詩集》成書,經歷了被擴展及被延伸的過程。元、白所謂"新樂府",乃是特指,即他們創制新題的諷喻類詩作;宋初所編《文苑英華》及《唐文粹》則體現了對"新樂府"的弱化;至郭茂倩《樂府詩集》成書,"新樂府辭"題解曰"皆唐世之新歌也。以其辭實樂府,而未嘗被於聲,故曰新樂府也",此論斷一出,則"新樂府"之准的大體確立。當代學界對"新樂府"概念的論爭也大多由郭氏之論斷展開,這也足見郭氏學說之深遠影響。"擬新樂府"乃是宋人追步唐人的產物,宋人對唐代詩人的選擇,唐代新樂府題的選擇,或多或少地體現著宋代人的審美傾向。宋人將張籍樂府置於諸家之冠,是因文昌古質,意蘊含蓄,回味悠長,"成如容易卻艱辛"更意味著深含錘煉之功,這也跟以"平淡"為歸旨的宋調一脈相承。以時序為參考標準考察宋人擬新之選擇,雖然表面上或可窺得一二規律,但需注意,筆者統計出的宋人擬新作品也僅有一百七十多首,樣本數量並不算多,只能說是管中窺豹,其實也很難在時代與寫作選題之間建立起明確關聯,這一點或可等筆者爬梳宋人全部的新樂府作品(不僅僅是擬新樂府)之後,再得出更為可靠的結論。

宋人擬新樂府所採用的創作方式較擬古樂府相比,則難以被簡單地區分為"賦題法"與"擬篇法"。唐代詩歌制題已然成熟,產生於這一時期的新樂府,其題目不再具有模糊性,變得精煉概括,題目即為"本事",在這一背景下,傳統的擬樂府法,"擬篇法"和"賦題法"的界限反而並不分明了,這一特質在擬白居易新樂府作品中體現得尤為明顯,如江鉥擬作其《隋堤柳》,"錦纜龍舟萬里來,醉鄉繁盛忽塵埃。空遺兩岸千株柳,雨葉風花作恨媒",短短四句,雖然也繼承了白居易"憫亡國也"的本事,但就其與題目的相關性而言,說它僅僅是針對《隋堤柳》這一題目進行闡發也未為不可。新樂府題的精確性則又給我們對"擬新樂府"的判斷帶來了一定困難,如何斷定宋代這些與唐代新樂府題目一致的作品究竟是有意擬作還是僅為巧合呢?以《田家行》為例,郭茂倩收王建《田家行》於"新樂府辭",但《全宋詩》收《田家》題者甚眾,若還原宋諸人作《田家》時的情境,或許並非全都是受到王建的影響,有的僅僅只是漫步田間有感而發,這種情況嚴格來講是不應該收入"擬新樂府"類的,甚至不算"樂府"。因此,本文在判別擬新樂府之

111

時，只能先粗略地將題目中"曰歌、曰行、曰吟、曰操、曰辭、曰曲、曰諺、曰謠"等具有明顯樂府特徵的作品進行歸納，但對宋代擬新樂府乃至新樂府更為精準地判別則有待於更加細緻周密的文獻考察，這一點也是筆者在今後的學習生涯中需要繼續著力、下功夫的。

就擬新樂府的文學性而言，我們當然有理由指責其落於窠臼，難有創新。所謂"擬"者，即是學習、摹仿，言其佳處，則擬作使得詩歌的普遍規律得以呈現，也使得學習詩歌有跡可循，原文本本身也在後世的接受過程中不斷被發掘出新的價值，從而成為經典；但另一方面，毫無新意的擬作則必將導致擬作作品生命力的喪失。著眼於前人創作的形式固然有助於創作技巧的提升，但是詩歌之本質乃是"言志"，或可曰"詩者，持也，持人情性"。對情感的表達是詩歌的天然職能，適當的創作技巧，諸如對文辭、聲律的雕琢，有助於言情、言志的出彩，如蘇軾《南行前集敘》言："辭至於能達，則文不可勝用矣。"若是過分地追求形式、追逐技巧，而忽略了詩歌傳遞情感的功能，作品則會變得空洞乏味，缺少神采。宋人擬新作品中的優劣之辯亦不外於此，王荊公之《桃源行》，化用陶氏原作，"以敘為議，以議為敘"，雖為擬題，而頗有新意，詩尾"世上那知古有秦，山中豈料今為晉。聞道長安吹戰塵，春風回首一沾巾。重華一去寧復得，天下紛紛經幾秦"幾句，更是發前人之未發，是為上佳之作。

樂府作品的經典化與徒詩化之間的辯證關係也是十分值得探討的問題，而這一問題的本質則是"樂本"與"文本"的流變。筆者之前讀到"不學詩，無以言"而引發思考，既然《詩》本為樂篇，又為何成為"言"的工具呢？我國古代歌詩之音樂的流逝與文本價值的凸顯又是否有某種特定的聯繫呢？以我們的閱讀經驗來看，二者之間似乎存在著某種相關性，但這種相關卻並非"必然"，而是基於古代科技落後，音樂難以被完整地保存、復刻的現實條件下不得已的選擇。但不可否認的是，當樂章的文辭被編纂整理之後，辭句本身便會承擔更多的社會功能及傳播功能，如隨人王通作《續詩》，以樂府接續《詩經》，言樂府"可以諷，可以達，可以蕩，可以獨處"，是以為經。王氏還效法漢儒解經的做派闡釋古樂府，足見其對樂府進行經典化的過程中對文本的推重；郭茂倩編《樂府詩集》，亦時常談及樂府與儒家經典之淵源，如其為《郊廟歌辭》作題解，引《樂記》《周頌》之辭，以宗經義；郭氏對《樂府詩集》文本的選錄、編排、修飾，極盡文獻之功，從某種意義上來說，這也是對文本的整理和挖掘。樂府的傳承分為樂官和士兩大群體，樂官更注重樂用的演奏性質，而士則注重文本所傳達的內涵：樂用指向表演，具有隨機性、現場性，其呈現更為立體和複雜，也更加難以留存；而士群體記錄文本所使用的文字，本身就是用於記錄和傳承的符號，因此文本的呈現雖然單一，卻具有恆定性、穩固性、易於流傳性。"所有選擇都是歷史的必然"，淪為徒詩或許也是音樂文學的"歷史必然"。

參考文獻

一、古籍文獻：

[1]（春秋）孔丘著；陳曉芬、徐儒宗譯注. 論語 [M]. 北京：中華書局，2015 年版。

[2]（漢）司馬遷. 史記 [M]. 北京：中華書局，2013 年版。

[3]（三國）曹操著. 曹操集 [M]. 北京：中華書局，2013 年版。

[4]（三國魏）曹丕著；黃節箋注. 魏文帝詩注 [M]. 北京：中華書局，2008 年版。

[5]（三國魏）曹植著；趙幼文校注. 曹植集校注 [M]. 北京：中華書局，2016 年版。

[6]（南朝）劉勰著；陸侃如、牟世金譯注. 文心雕龍譯注 [M]. 濟南：齊魯書社，2009 年版。

[7]（唐）盧照鄰、（唐）楊炯撰；徐明霞點校. 楊炯集盧照鄰集 [M]. 北京：中華書局，1980 年版。

[8]（唐）李白撰；（清）王琦注. 李太白全集 [M]. 北京：中華書局，1977 年版。

[9]（唐）杜甫撰，（清）仇兆鰲注. 杜詩詳注 [M]. 北京：中華書局，1979 年版。

[10]（唐）杜佑撰. 通典 [M]. 北京：中華書局，1995 年版。

[11]（唐）王建撰；尹占華校注.王建詩集校注[M].成都：巴蜀書社，2006年版。

[12]（唐）張籍撰，徐禮節、余恕誠校注.張籍集系年校注[M].北京：中華書局，2011年版。

[13]（唐）劉禹錫撰；瞿蜕園箋注.劉禹錫集箋證[M].上海：古籍出版社，1989年版。

[14]（唐）白居易著.白居易集[M].北京：中華書局，1979年版。

[15]（唐）白居易著；朱金城箋校.白居易集箋校[M].上海：上海古籍出版社，1988年版。

[16]（唐）白居易撰；謝思煒校注.白居易詩集校注[M].北京：中華書局，2006年版。

[17]（唐）元稹著.元稹集[M].北京：中華書局，2010年版。

[18]（唐）元稹著；周相錄校注.元稹集校注[M].上海：上海古籍出版社，2011年版。

[19]（唐）元稹著；冀勤校點.元稹集[M].北京：中華書局，1982年版。

[20]（後晉）劉昫著.舊唐書[M].北京：中華書局，1975年版。

[21]（宋）司馬光著；李之亮箋注.司馬溫公集編年箋注[M].成都：巴蜀書社，2009年版。

[22]（宋）王安石撰；劉成國點校.王安石文集[M].北京：中華書局，2021年版.

[23]（宋）蘇軾撰；（清）王文誥注；孔凡禮點校.蘇軾詩集[M].北京：中華書局，1982年版。

[24]（宋）郭茂倩撰.樂府詩集[M].北京：中華書局，1979年版。

[25]（宋）鄭樵撰；王樹民點校.通志二十略[M].北京：中華書局，

1995年版。

[26]（宋）朱熹集撰．詩集傳[M]．北京：中華書局，2017年版。

[27]（宋）陸遊撰；錢仲聯校注．劍南詩稿校注[M]．北京：中華書局，1985年版。

[28]（宋）嚴羽撰；普慧、孫尚勇、楊遇青評注．滄浪詩話[M]．北京：中華書局，2020年版。

[29]（宋）周紫芝撰．太倉稊米集，文淵閣四庫全書本[M]．上海：上海古籍出版社，2012年版。

[30]（宋）劉克莊撰．後村先生大全集[M]．成都：四川大學出版社，2008年版。

[31]（宋）何汶撰．竹莊詩話[M]．北京：中華書局，1984年版。

[32]（宋）阮閱輯．詩話總龜[M]．北京：人民文學出版社，1987年版。

[33]（宋）魏慶之輯．詩人玉屑[M]．北京：中華書局，2007年版。

[34]（宋）胡仔撰；廖德明校點．苕溪漁隱叢話[M]．北京：人民文學出版社，1962年版。

[35]（元）脫脫等撰．宋史[M]．北京：中華書局，1985年版。

[36]（明）陸楫撰．古今說海[M]．上海：上海文藝出版社，1989年版。

[37]（明）胡應麟撰．詩藪[M]．北京：中華書局，1962年版。

[38]（明）高棅編纂．唐詩品匯[M]．北京：中華書局，2015年版。

[39]（清）馮班撰；（清）何焯評．鈍吟雜錄[M]．北京：中華書局，2013年版。

[40]（清）王士禛等撰；周維德箋注．詩問四種[M]．濟南：齊魯書社，1985年版。

[41]（清）王士禛撰；靳斯仁點校．池北偶談[M]．北京：中華書局，

1982 年版。

[42]（清）彭定求等編．全唐詩 [M]．北京：中華書局，1960 年版。

[43]（清）董誥等編．全唐文 [M]．北京：中華書局，1983 年版。

[44]（清）永瑢等編．四庫全書簡明目錄 [M]．上海：古典文學出版社，1957 年版。

[45]（清）嚴可均校輯．全上古三代秦漢六朝文 [M]．北京：中華書局，1958 年版。

[46]（清）何文煥輯．歷代詩話 [M]．北京：中華書局，2004 年版。

二、研究專著：

[47] 丁放撰．元代詩論校釋 [M]．北京：中華書局，2020 年版。

[48] 丁福保輯．歷代詩話續編 [M]．北京：中華書局，1983 年版。

[49] 傅璇琮等編．全宋詩 [M]．北京：北京大學出版社，1995 年版。

[50] 傅璇琮撰．唐才子傳校箋 [M]．北京：中華書局，2000 版，第 153 頁。

[51] 郭麗、吳相洲編．樂府續集 [M]．上海：上海古籍出版社，2020 年版。

[52] 郭紹虞編．宋詩話輯佚 [M]．北京：中華書局，1980 年版。

[53] 郭紹虞校．滄浪詩話校釋 [M]．北京：人民文學出版社，1983 年版。

[54] 黃勇主編．唐詩宋詞全集 [M]．北京：北京燕山出版社，2007 年版。

[55] 胡適．白話文學史 [M]．合肥：安徽教育出版社，1999 年版。

[56] 蔣寅．王漁洋與康熙詩壇 [M]．中國社會科學出版社，2001 年版。

[57] 尚永亮．唐代詩歌的多元觀照 [M]．武漢：湖北人民出版社，2005 年版。

[58] 譚優學. 唐詩人行年考 [M]. 成都：巴蜀書社，1987 年版。

[59] 唐圭璋編. 詞話叢編 [M]. 北京：中華書局，2006 年版。

[60] 王根林編. 漢魏六朝筆記小說大觀 [M]. 上海：上海古籍出版社，1999 年版。

[61] 衛亞昊、衛劍闋撰. 兩宋樂府制研究 [M]. 北京：中國社會科學出版社，2022 年版。

[62] 吳汝煜等編. 漢魏六朝詩鑒賞辭典 [M]. 上海：上海辭書出版社，1992 年版。

[63] 余冠英. 三曹詩選 [M]. 北京：人民文學出版社，1997 年版。

[64] 曾棗莊、劉琳主編. 全宋文 [M]. 上海：上海辭書出版社，2006 年版。

[65] 周義敢、周雷編. 梅堯臣資料彙編 [M]. 北京：中華書局，2007 年版。

[66] 朱易安、傅璇琮等編. 全宋筆記 [M]. 鄭州：大象出版社，2012 年版。

[67] [俄] 什克洛夫斯基著. 散文理論 [M]. 南昌：百花洲文藝出版社，1994 年版。

[68] [英] 克萊夫·貝爾著；薛華譯. 藝術 [M]. 南京：江蘇教育出版社，2005 年版。

三、學術論文：

[69] 葛曉音. 新樂府的緣起和界定 [J]. 中國社會科學，1995（03）.

[70] 李輝，林甸甸，馬銀琴. 儀式與文本之間——論《詩經》的經典化及相關問題 [J]. 溫州大學學報，2020（01）.

[71] 牛婷. 審美疲勞的心理原因分析 [J]. 大眾文藝，2012（11）.

[72] 潘競翰. 張籍系年考證 [J]. 安徽師大學報，1881（02）.

[73] 錢志熙. 齊梁擬樂府詩賦題法初探——兼論樂府詩寫作方法之流變 [J]. 北京大學學報(哲學社會科學版)，1995（04）.

[74] 尚永亮. 辨《人間詞話》之"真"[J]. 江漢論壇，1983（02）.

[75] 尚永亮. 中唐樂府諷諭詩之價值評判與元白張王之優劣異同 [J]. 北京大學學報，2010（04）.

[76] 孫尚勇. 古代"樂府"內涵的變遷 [J]. 中國社會科學報，2013（A08）.

[77] 王運熙. 諷諭詩和新樂府的關係和區別 [J]. 復旦學報，1996（06）.

[78] 吳相洲. 論郭茂倩新樂府涵義、範圍及入樂問題 [J]. 文學遺產，2017（04）.

[79] 余穎. 近三十年新樂府研究綜述 [J]. 湖南人文科技學院學報，2011（10）.

[80] 于展東. 論"張王樂府"與"元白樂府"之不同 [J]. 學術論壇，2011（03）.

[81] 張煜. 宋代新樂府的認定 [C]. 樂府學（第七輯），2013.

[82] 朱炯遠. 論新樂府運動中爭議的幾個問題 [J]. 文藝理論研究，2000（02）.

四、學位論文：

[83] 高慎濤. 北宋僧詩研究 [D]. 陝西師範大學，2007.

[84] 楊娟. 曹勛樂府詩研究 [D]. 廣西師範大學，2007.

[85] 吳彤英. 宋代樂府題邊塞詩研究 [D]. 河北師範大學，2009.

[86] 孟靜．宋代古題樂府研究 [D]．河北師範大學，2010.

[87] 羅瓊．宋代郊廟歌辭研究 [D]．首都師範大學，2011.

[88] 羅旻．宋代樂府詩研究 [D]．北京大學，2013.

[89] 薛瑾．張耒詩歌研究 [D]．浙江大學，2018.

[90] 李曉丹．南宋邊塞詩研究 [D]．西南交通大學，2018.

[91] 鄒曉霞．宋代采桑詩研究 [D]．河北師範大學，2019.

[92] 吳彩虹．陸遊樂府詩研究 [D]．江蘇師範大學，2020.

[93] 顧燁．劉克莊樂府詩研究 [D]．江蘇師範大學，2020.

[94] 陳斯柔．宋代琴操詩研究 [D]．淮北師範大學，2020.

[95] 梁澤紅．周紫芝樂府詩研究 [D]．廣西師範大學，2022.

[96] 施劍南．大曆律詩程式化研究 [D]．武漢大學，2022.

後 記

　　寫論文時總想快點到致謝環節，覺得這是最輕鬆的部分。如今真要提筆寫後記，反而不知從何說起。這本小書從醞釀到成稿，摻雜太多難以言說的滋味，且讓我從頭細數。

　　2019年秋天收到武大錄取通知時，我正趴在廈大圖書館寫本科論文。那時滿心期待未來的珞珈山歲月，卻沒料到疫情會讓所有計劃都變得「兵荒馬亂」。2020年9月拖著行李箱到武漢，計程車司機用帶漢腔的普通話說：「姑娘來讀書啊？我們武漢人最扛得住事！」他講起封城時的故事，方向盤一轉就拐進櫻花大道。那天的陽光穿過梧桐葉灑在臉上，我忽然明白這座城市的生命力——像燒不盡的野草，總能在裂縫裡長出新的枝椏。

　　珞珈山的美最初讓我困惑。比起廈大的碧海藍天，這裡的樹木長得太過放肆。記得某個傍晚騎車迷路，拐進山道竟被密林驚得剎住車。枝椏交疊遮住天空，剎那間想起《水經注》那句「隱天蔽日」，突然懂得武大的氣質：不靠精雕細琢的美，而是用滿山蒼翠把人裹進書卷氣裡。三年裡沒趕上櫻花盛開，卻在圖書館後牆發現一叢野薔薇。它和那些蹭課的貓一樣——警長愛蹲在文學院臺階，草莓總在古籍部打盹——教會我另一種生存智慧：不必刻意盛放，自在生長便是風景。

　　最要感謝我的導師尚永亮先生。老師在學界耕耘數十載，著作等身，頗有威望；入門之前，老師的名字於我而言像是一個符號，高山仰止、充滿威嚴。入門之後，才發現尚師其實是那樣有溫度的人，他不僅博我以文、約我以禮，更誨我以獨立思考之精神。老師的耐心、包容、正直、溫和，使我自由而健康地成長，才能成為如今這般更加陽光美好的模樣。也感謝師母，她溫柔典雅，給了我們母親般的關懷。

　　武大的老師們都有種接引後輩的勁頭。葛剛岩教授看我論文卡殼，直接定下「每週三交稿」的軍令狀；曹建國老師深夜發來考博資料；連答辯時才見過一面的孟國棟老師，也能對我的論文提出許多細節上的建議。他們讓我相信學術不是冰冷的，而是代代相傳的燈火。

　　宿舍三位江南姑娘教會我柔軟的力量。倩穎能把泡麵煮出蘇州麵的精緻，夢芝總在我熬夜時留盞檯燈，錦爽甚至給我的仙人掌織過毛衣。還有天舒這個開心果，在我論文被退稿時，拉我去東湖邊大喊「去他的學術規範」。這些細碎溫暖像水泥縫裡的小花，不知不覺就鋪滿了來時路。

　　最後要對父母說聲謝謝。母親是我的底氣更是我的驕傲。父親雖然在2020年不幸離世，但他依然是我最愛的、最尊敬的人，保研時，他對我說：「不論生活的模樣如何，我們心中依然要有湖泊、有大海、有森林以及太陽。」他樂觀且極富浪漫主義的氣質塑造了我天馬行空的性格以及對文學的熱愛。爸爸的部分靈魂融入了我的靈魂，我會像他一樣熱愛生活、熱愛世界、熱愛大自然以及文學。

　　合上電腦那刻，窗外的樟樹正在落葉。忽然想起三年前那個迷路的傍晚——暮色裡的珞珈山像塊洇了墨的生宣，而我不過是偶然滴落的一點顏料。感謝所有讓這抹顏色得以暈開的人，是你們教會我：學術的真諦，終究是怎樣做個有溫度的人。

衛劍闕

乙巳年杏月於海上

國家圖書館出版品預行編目

宋人擬新樂府研究 / 衛劍闕著. -- 臺北市：獵海人, 2025.05
　　面；　公分
　　ISBN 978-626-7588-26-0(平裝)

　　1.CST: 樂府 2.CST: 詩評 3.CST: 宋代

820.9105　　　　　　　　　114006246

宋人擬新樂府研究

作　　　者／衛劍闕
主　　　編／丁胤卿
出版策劃／獵海人
製作銷售／秀威資訊科技股份有限公司
　　　　　114 台北市內湖區瑞光路76巷69號2樓
　　　　　電話：+886-2-2796-3638
　　　　　傳真：+886-2-2796-1377
網路訂購／秀威書店：https://store.showwe.tw
　　　　　博客來網路書店：https://www.books.com.tw
　　　　　三民網路書店：https://www.m.sanmin.com.tw
　　　　　讀冊生活：https://www.taaze.tw

出版日期／2025年5月
定　　價／320元

版權所有・翻印必究　All Rights Reserved
Printed in Taiwan